華志文化

華志文化

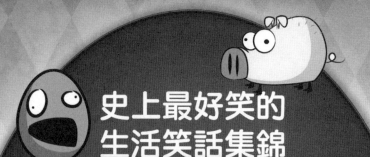

史上最好笑的
生活笑話集錦

噴飯笑話集

每天繃著臉，彷彿像是機器人？
與心愛的人陷入分手迫切危機？
上次開懷大笑，已想不起來了？
如有以上症狀，請翻開本書笑一笑吧！

弗雷德 編

前言

數位化時代，人們漸漸成為工作的機器、生活的奴隸。長此以往，沒了情感，少了笑聲。果真如此，人類將會在沒有笑聲中滅亡，其不悲乎哉？

俗話說：「笑一笑，十年少」。據心理醫生研究發現：開心一笑，對一些疾病，特別是老年病、慢性病，往往是戰勝病魔的最佳功臣。這是因為積極而健康的心態，足以使人體自身產生有效的抗體，使人體達到標本兼治的最佳療效，快樂的心情才是消滅疾病的利劍。

正如成功學大師拿破崙・希爾說過：「通向快樂的途徑是找不到的，這是因為快樂本身就是最根本的途徑。」

西方快樂主義倫理學創始人伊比鳩魯精闢地指出：「快樂就是靈魂無煩惱和身體無痛苦」。過去的已成為歷史，未來的卻無法預測，但今天卻是實實在在的，沒有比現在更需要快樂的了，讓我們搭乘笑話快車，開啟生活的新里程，將歡笑帶給自己和周圍的每一個人。

心情開朗、心態積極是一個人走向成功的關鍵。它至少表明一個人對自己的家庭、事業充滿信心和希望。善於開心一笑的人才是最快樂、最健康、最幸福、最成功、最富有的人。

如果自己心中充滿了快樂，即使在黑夜裡也能看到陽光；即使在嚴寒中，也能感到溫暖，請你不要錯過，否則……

有鑑於此，編者從古今中外笑話經典中用心去挑，用心去理，為了適合當代人快節奏的生活需要，特別進行了文字加工，用新的語言，使本書如願問世。

該書從生活的不同角度，栩栩如生地展現了人們應有的快樂世界，對生活的壓力進行了有力的釋放；也展現了生活的酸甜苦辣鹹，針砭時弊，富於哲理，入木三分。

目錄

第1篇

校園

和李四一起來找我

大一的時候，上英文課，我們英文老師有個癖好，喜歡提問，提問之前必大聲重複一遍問題。有一次正在上英語課時，突然老師又提高嗓門開始提問，所有同學都惶恐地盯著老師，惟恐被喊到，因為老師常常以提問來代替點名，所以大家都不必低下頭。

「二十四號！」老師點道。

一片沉默（李四正在發呆）……

「二十四號——李四來了沒有？」老師重複道。唰！整個教室的人都看著李四。

「沒來！」李四大叫道。全班人都愣了，不過很快又開始佩服李四的勇氣了。

「怎麼沒來的？」老師又問。

「他病了！」李四無奈，只得撒謊，全班一陣哄堂大笑。

「你是他室友嗎？」對於莫名其妙的大笑，老師也感到疑惑了。

「是的。」面對老師的盤問，李四回答了。

「太不像話了，回去告訴他，讓他下午到辦公室來找我！」全班同學又是一陣大笑。

「啊？好！」李四頭皮都開始發麻了，下午找誰替我去挨罵呢？就張三吧！唉！又得請那小子吃一頓了。

李四正在為逃過一個問題而慶幸，老師又補充道：「那這個問題你替他回答吧？」

所有的同學都笑到上氣不接下氣。

「啊？」李四極不情願地站起來，鬱悶之情可想而知，教室裡已經有人笑到肚子痛了。

「老師，能不能重複一下您問的問題？」

「啊！這個問題我已經重複了三遍，你怎麼上課的？」

「不好意思，我沒聽清楚！」李四額頭上已經大汗淋漓了。

「我，報告老師，這個問題我不會回答。」反正是一死，何必死得那

麼窩囊呢？於是李四理直氣壯起來。

「那好，下午兩點和李四一起到我辦公室來」。

擔心

豆豆問皮皮：「你今天不舒服嗎？」

皮皮：「不是。」

豆豆又問：「你是不是擔心今天的考試。」

皮皮：「也不是。」

豆豆接著問：「那你究竟擔心什麼呢？」

皮皮：「我擔心明天把考試成績單拿回家。」

含笑九泉

中文老師出了一道問題後，又說：「不過，這個成語中最好能有個數目字，比如一、二、三、四……而且能用來形容一個人很開心快樂的樣子」。

這位考生想了一想，很高興地說：「我知道了，『含笑九泉』！」

哈！好一個「含笑九泉」！全班同學無不捧腹大笑，年紀老邁的國文老師，也差點昏過去。

電視蟲

傑克特別喜歡看電視，同學們有空時找他，總是見他坐在電視機前，所以大家都叫他「電視蟲」。這不，當老師在課堂上宣布：「我建議你們今晚看月蝕。」傑克立即問道：「那是第幾頻道？」

誰是校醫？

上大學時，學校有自己的醫院，雖然醫療設備跟大醫院無法相比，但是學校學生買藥倒是真的很優惠，雖然沒什麼好藥。

校醫裡面最為大家所熟悉的是一位耳朵很背的老醫

生。下面是我感冒後去看醫生，看見這位老醫生為一位女大學生就診的全部過程：

老醫生：「你患的是什麼病啊？」

女大學生：「是感冒吧？」

老醫生：「什麼症狀？」

女大學生：「發燒，頭疼，咳嗽，喉嚨痛。」

老醫生：「什麼呀？我耳朵背，聽不清楚。」

女大學生只得又重複了一遍。

老醫生：「那我給你聽聽診。」說著拿出聽診器，讓女大學生掀開衣服，聽了起來。

老醫生裝模作樣的聽了半天。我在一旁十分疑惑，以他的聽力，是不是把聽診器當松下助聽器了。

老醫生：「沒什麼大問題。想開點什麼藥？」

女大學生：「斯斯感冒膠囊和喉片？」

老醫生：「好的。我給你開藥。吃了這些藥還不好的話，盡快來找我看病，免得耽誤了病情。」

女大學生：「好的。謝謝你啊醫生。」

老醫生：「不謝不謝，你放心吧。」

我一看情況不對，病馬上好了一大半，趕緊溜之大吉。直到回到宿舍我都搞不清楚，這老醫生和這女大學生誰有資格當醫生了。

廁所塗鴉

有一個補習班的老師很受不了廁所廣告及塗鴉中髒亂不雅的詞句，所以就花了一大筆錢，請工人在廁所的牆上貼上凸凹不平的瓷磚，以杜絕不雅的廣告及塗鴉。

有一天，當這位補習班老師如廁時，忽然發現靠近地面的白色瓷磚上有人用原子筆寫了一行小小的字，但不太清楚，於是老師抬起屁股，彎著腰，抓緊褲子，吃力地仔細一看，只見上面寫著：「先生，您知道您的屁股正以四十五度角在拉屎嗎？這不太雅觀吧？」

睜大眼睛猜

老師：「你真偉大，這次考試你居然只得五分，就是閉上眼睛猜也不只這五分呀！」

學生：「哎呀，怪不得，因為我是睜大眼睛猜的呀！」

老師：「……」

下蛋

一日，老同學聚會，中午大家說要去吃火鍋，於是找到一家火鍋店吃火鍋。正當大家吃在興頭上時，一女同學突然叫道：「我的蛋呢？」

眾人聽得莫名奇妙，這時有一個同學開口問道：「你剛剛下蛋了？」

「我剛下了一個鵪鶉蛋，你要嗎？等下我再下一個給你。」

眾人頓時哄堂大笑，嘿，認識她這麼久還不知道她有這種特異功能呢？

辦公

這是聽老師講的，覺得好笑，所以也說出來讓大家笑一笑。

老師問：「故宮是什麼？」

一同學回答：「是古代皇帝睡覺和辦公的地方！」

老師說：「非也。」

另一同學補充道：「應該是皇帝和他妻子睡覺和辦公的地方？」

老師生氣了，說：「你將來的老婆叫妻子，人家皇帝的老婆可不叫妻子；你今後上班叫辦公，人家皇帝上班可不叫辦公。」

當時全班同學都哄堂大笑！

「怎麼？很好笑嗎？」

眼睛長在前面

老師：「打雷時，閃電和雷聲同時發出，我們為什麼先看到閃電，然

後聽到雷聲呢？」

學生：「因為眼睛長在耳朵前面。」

選擇與填空

高三那年，班裡的座位排列一直按班導師的一個不成文的規定佈置——全班五十名同學月考後，總成績前二十名的學生，允許有優先選擇自己合適座位的權利，以此來培養學生之間的競爭力。

一次月考後，新一輪分配座位的活動開始了。班導師依照總成績，先後公布了座位順序。等前二十名同學落座後，我們突然發覺班長這次破天荒地竟然不在前二十名之列，坐在了一個不起眼的位置，我們便問他感受如何。一向以幽默著稱的班長說：「這次月考第二十一名，只能眼睜睜看著別人選擇，至於我就只能填空了。」班裡一片譁然。

浴缸裡的泡泡

統計學老師要求每個學生進行一項社會調查。這是一項乏味的工作，所以查理選擇去調查人們是怎麼娛樂的。他先到學校附近一所很大的公寓，敲開了第一間房門。開門的是位先生。

查理問：「先生請問你叫什麼名字？」

那人說：「喬治」。

查理說：「我在做一項調查，想知道你喜歡什麼樣的娛樂。」

那人想了想，回答說：「觀看浴缸裡的泡泡。」

查理覺得他的回答很有意思，就記了下來。又往前走去。

來到第二家，他又問了同樣的問題：「先生，請問你叫什麼名字？」

「傑夫。」

查理說：「我正在做一項調查，想知道你喜歡什麼樣的娛樂。」

那人想了想，回答道：「觀看浴缸裡的泡泡。」

查理感到很有趣，但又有些困惑，他繼續在這座公寓裡調查，結果遇

到的所有男人的回答都一樣：「觀看浴缸裡的泡泡。」

查理迷惑不解地離開了這座公寓，來到了對街的另一所房子。他敲了敲門，這次，一個漂亮的少女給他開了門。

查理問了同樣的問題：「小姐，你叫什麼名字？」

少女回答：「泡泡。」

拋硬幣

一個同學把硬幣拋向空中：正面朝上就去看電影，背面朝上就去打桌球。如果運氣不好，硬幣直立起來，就好好地去學校讀書。

蚊香

上高中時睡通鋪，六個人睡一起，沒辦法掛蚊帳。某同學買了一盒蚊

香。大家問是什麼牌子的，答曰：「雄蚊樂」牌。大家不解其意。他解釋說：「只有雌蚊才吸血，雄蚊吃素。這種蚊香不濫殺無辜，只對雌蚊有藥效。大家問：「為什麼叫雄蚊樂呢？」

「雌蚊都被熏得昏沉沉的，雄蚊不正好乘機……」

日行一善

老師問兩位學生：「你們今天有沒有日行一善啊？」

兩位學生齊聲答道：「有啊！」

老師問：「做了什麼善事？」

學生：「我們扶一位老太太過馬路。」

老師：「嗯，那很好，但是扶一位老太太過馬路，怎麼會要兩個人呢？」

學生：「因為那位老太太根本不想過馬路。」

原來如此

學校一年一度的校外旅行開始了，國中的男女學生因為愛好不同，總是分開來玩。女孩子穿著泳衣走來走去，一方面展示自己的身材，一方面享受日光浴。男孩則捲起褲腿在水裡捉小魚。

看管這些孩子的一個教師感嘆道：「我不記得我讀國中時，女孩子有沒有這麼成熟的。」

「當然有，只不過你當時在忙著捉小魚罷了！」另一個教師淡然地說。

委婉

教授在上倫理道德課，他告訴同學們應如何提醒別人遇到的尷尬事。

「比方說，如果你們看見女孩子頭髮上有草屑，你們應該委婉地說：「小姐，你的肩上有草屑。」女孩子往肩部看，然後向下——看見了。這時一個女學生舉手站了起來，說：「教授，你褲子口袋的拉鏈鬆開了！」

課外「輔導」

一個十分迷人的本科女生來到教授的辦公室，拖一把椅子坐到教授身邊，有意無意地碰碰教授，並不斷地朝他那邊靠過去，然後柔聲說：「教授，我一定要通過您這門課，因為它對我來說特別重要，所以，不管您要求我做什麼，我都願意！」

教授說：「真的什麼事都願意做嗎？」女生點點頭，聲音溫柔地說：「是的，您可以。」

教授想了一想，然後問道：「明天下午兩點半你有時間嗎？」女生溫柔地一笑：「絕對沒有問題，先生！」教授點點頭，輕輕一笑，說：「很好，就到十三號教室去吧！我要進行一次重點的復習，別忘記帶上筆記本！」

老師罰站

主任看到女校長對隔壁教室的吵鬧聲感到很煩，於是就氣憤地跑到那間教室裡去，抓到一個高個子、看起來說話最多的女生，叫她站到自己辦公室的一個角落裡，而且不准她說話。不一會兒，一個小男孩探頭進來，怯怯地問：「主任，您什麼時候允許我的老師回去講課？」

匿名信

阿朋暗戀一位女同學，決定先寫匿名信給她。

朋友問：「那她反應如何？」

阿朋：「很激動。」

朋友：「那很好嘛！然後呢？」

阿朋：「然後她就去報警了。」

原來他的匿名信是用報紙上剪下大小不等的鉛字拼湊而成的……上面寫著：「我注意妳已經很久了……」

猜錯了！

老師：「為什麼你總是不洗臉？瞧你，連你今天早餐的殘渣都還留在臉上。」

學生：「那您說我早上吃的是什麼？」

老師：「果醬麵包。」

學生：「您說錯了，那是前天早上吃的。」

我是誰

經濟課的考試特別嚴格，試卷須在一個鐘頭內完成，如果有人在考試結束，即鈴響之後還在作答，就算零分。有一次，一個考生在鈴響以後又寫了兩個字，然後自信地去交卷。

教授冷冷地看著他說：「你不用費心思來交卷了，你是零分！」

學生看著教授，然後問：「您知道我是誰嗎？」

教授不屑地回答：「不知道，不管你的爸爸是華盛頓還是布希，反正

你是零分！」

學生做了個鬼臉，又問一句：「您真的不知道我是誰？」

教授生氣地說：「你是誰跟我沒有任何關係！」

這時，該學生詭異地一笑，飛快地把自己的試卷塞進其他的試卷當中，飛快地跑掉了。教授只好目瞪口呆地站在那兒！

薪金的一部分

一位老教授鄭重地宣稱：「我們的一生是自我奉獻的一生，當其他人追逐名利、享受快樂時，我們卻在午夜裡點著油燈，探索如何去破開最堅硬的哲學堅果。各位同學，我們所做的一切，又能獲得什麼樣的實際報酬呢？」

「嗯……」他的學生們沉思一會兒，說：「當然會獲得報酬，比如說，堅果的果仁。」

不能會見

有一位教授病了，不得不住進醫院。醫生來到他的病房門口時，護士說：「教授，醫生來了。」可憐的教授哼了哼說道：「告訴他我現在不能見他。我病得實在不輕。」

改天再來

有一天晚上，心不在焉的教授很晚才回到家。走到門口時他突然想起忘了帶鑰匙。他敲了半天門他妻子才起來開門。因為天很黑，她沒有認出他來，於是解釋說：「對不起，先生，教授不在家。」教授和平時一樣心不在焉，他回答說：「那好吧，我改天再來。」

結論

課堂上，教授對學生一連串的提問不勝其煩，無可奈何地說：「一個傻瓜提出的問題比十個聰明人能回答的問題還要多得多。難怪考試的時候

我們總有那麼多人不及格」。

味道

國文老師發現李四上課睡覺，十分生氣，於是弄醒李四問道：「你怎麼上課睡覺。」

可是，李四拒不承認他有在課堂上睡覺。

李四：「我沒有睡覺。」

老師：「那你幹麼閉上眼睛。」

李四：「老師，我在默唸課文。」

老師不信，說：「那你幹麼直點頭。」

李四：「老師，你講課講的太好了。」

老師還是不信，說：「那你幹麼直流口水。」

李四：「老師，你的課講得很有味道。」

懲罰

法律學院的一次考試：

「重婚罪的懲罰是什麼？」

回答：「兩位岳母。」

作弊

「波洛涅斯因為作弊被開除了。」

「怎麼回事啊？」

「在健康教育考試中，他數自己的肋骨，結果被老師發現了。」

各有解釋

一位學生請教老師：「打人與被打有什麼不同？」

歷史老師：「打人是侵略者，被打是受害者。」

英文老師：「打人是主動式，被打是被動式。」

物理老師：「打人是施力，被打是抗力。」

教務主任：「沒什麼不同，各記大過一次。」

言簡義賅

我的中學同學一向以言簡義賅出名。一天班裡開班會，時間長的實在讓人無法忍受。最後徵求每個人有什麼意見，問到他時，他回答道：「尿意！」

校園經典對話

阿友：「怎麼樣才能辨出來？（哪個是真的）？」

阿朋：「吃什麼都能便出來」

阿男：「你說，要是有個女生長得像我……」

阿白：「那還有人樣嗎？」

大學伙食

一新生買了一個燒餅，正走在路上，突然迎面開來一輛大貨車，驚慌中燒餅失手滾落於車輪之下，待車過去，逕自懊悔的新生卻驚奇地發現燒餅完好無損地嵌在地裡！為了不浪費糧食，他決定將燒餅撿起來，可是無論手摳勺撬均未成功，正為難時，恰逢一位大二生路過，了解情況後二話不說，立刻從書包中掏出一根油條，只見「啪」地一下，燒餅隨之而出！

成績

期中考試之後，數學老師要發布成績，他說：

「九十分以上和八十分以上的人數一樣多；八十分以上和七十分以上的人數也一樣多」

話畢，全班一陣歡呼，一位同學追問道：「那麼……不及格的人數

呢？」

老師不疾不徐地回答：「不及格的人數和全班的人數一樣多。」

中學英語老師的笑話

上高中的時候，英語老師的英文水準頗有造詣，無奈中文不好。某日，老師講解「獨立主體結構」，舉一經典例句：「Our teacher comes into the classroom, book under arm.」

然後翻譯成中文：「老師進了教室，胯下夾著一本書。」

頓時課堂上狂笑不止。

評分

這是語文老師講的一個真實笑話。

從前有位老師給學生評分，只給三種評分：

最好叫放蟲屁，

其次叫蟲放屁；

最差叫放屁蟲。

詞根亂解

上初中時，英文課有一文章是「半夜雞叫」。

老師授課時，順便講了一點英文字詞的詞根知識：

「Land lord」地主，是由「Land」土地，「lord」主人，兩部分組成的——「土地」+「主人」就是「地主」

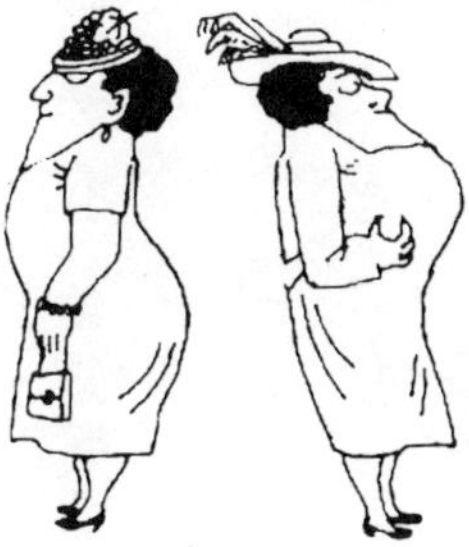

接著，老師又向大家提問：「Mother land 是什麼意思？」

「地主婆！」大家異口同聲回答。

販賣機趣聞

期末考試到了，晚上總是熬夜到很晚才睡，肚子餓了，當然吃泡麵最方便了……

宿舍有台泡麵販賣機，正考慮「麻油雞麵」和「肉羹麵」哪個比較

好吃，想想，乾脆兩個一起按，看掉下來那一個好了！結果，拿出來的是——「黑胡椒牛肉麵」。

非洲野豬

生物老師正興致勃勃地在台上描述非洲野豬的外貌特徵，偶爾眼光一掃台下，竟發現大多數學生正在打盹。於是大為惱火，喝道：「你們要看著我啊！不看我，你們怎麼知道非洲野豬長的是什麼樣子？」

下凡

這是發生於某學生寢室的真實故事：

有個帥哥新交了一位女朋友，逢人便吹噓自己女友的容貌如何漂亮……

某日師哥獨坐書桌前看著女友的照片讚嘆不已，直道：「真是仙女下凡……」其室友一時好奇，忍不住欲借照片看看下凡之仙女，準備「驚豔」一下，結果看完後只有一個問題：「你這位仙女下凡時……是臉先著

地嗎？」

殺豬的

甲生是一位勤奮好學的學生，他利用課餘時間兼職賺取學費。白天幫肉販殺豬，晚上則到醫院工作。

某晚，有位老婦人因急診要施行手術，由甲生將她推進手術室。老婦人看了甲生一眼，突然驚惶失措地狂喊：「天哪！你是那個殺豬的，你要把我推到哪兒去？」

好笑的英文笑話

訪問員：「What is your father's name?」

小弟：「Happy.」

訪問員：「What is your mother's name?」

小弟：「Smile.」

訪問員：「Are you joking?」

小弟：「No. That's my sister. I am kidding. byebye!」

課堂建議

有一天某教授突然停止授課，語重心長地對大家說：「如果坐在中間聊天的同學，能像坐在後面玩牌的同學那麼安靜的話，在前面睡覺的同學就不會受到打擾了。」

哲學系

某君是台大哲學系畢業的，畢業後找不到工作，一直待業在家。某日，一位大學同學介紹他到木柵動物園打工，他很高興的去了。原來動物園有隻老虎臨時生病就醫，要他穿上虎皮暫替一下。他想反正也沒人看得出是他，於是就答應了。穿上虎皮進了獸籠後，就很盡職的走來走去裝老虎，沒多久獸籠打開，竟然又進來一隻老虎，他嚇得一直往角落退；而那隻老虎卻一直向他逼近，……最後退到無路可退時，那隻老虎說話了……

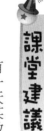

「老兄別怕！我是台大哲學系的！」

「那我們是同系的呢？」

影響睡眠

教授是個和善而幽默的老頭，他班上有個高大強壯的體育系學生。每次上課當教授的聲音響起時，他就開始睡覺，直至下課時醒來。有一天，這位體育系學生遲到了，教授親切地對他說：「傑克，以後請不要再遲到，這會影響你的正常休息的。」

英文課

這是學妹跟我說的，有一天他們在上英文課，老師叫同學舉出常用的英文單字。

一號同學就說：「Ok」

二號同學就說：「Thank you」

後來叫到一個同學……

他站起來就很不爽的說了一句：「Shirt」是Shit啦！Shirt是襯衫。

可笑的高明

有個農學院的畢業生回到家鄉，見老園丁在嫁接果樹。便說：「你這種嫁接方法很不科學。照你這種做法，從這棵樹上能收穫兩顆蘋果就夠讓我大吃一驚了。」

老園丁看著他，慢吞吞地說：「不光是你，我也很驚訝。因為這是一棵桃樹。」

對聯

國文老師在台上講解對聯，舉例說：「從前某報社曾公開徵求『南通州北通州南北通州通南北』的下聯，結果投稿信件很多，有句對的就很好，就是『東當鋪西當鋪東西當鋪當東西』。」此時一位調皮的學生突然喊道：「男學生女學生男女學生生男女。」

吃過午餐？

「我今天帶來一隻青蛙，」動物學教授對學生們說，「剛從水塘裡捉來的。這節課我們要解剖青蛙。」

他拿出一個紙盒，小心地打開。盒子裡卻是一塊火腿漢堡。「怪事」教授十分驚奇，「我明明記得吃過午餐了啊？」

叫什麼

話說有一位愛害羞的青年，暗戀一位相貌姣好、姿態優雅的少女，羞澀的他每天偷偷地觀察她的行蹤，終於找出一個週期——她每星期某日必在某一麵店吃麵。

他覺得時機已經成熟，於是某日便先行在麵店等她，待她進店落座，他深深的吸了一口氣，鼓足勇氣，大步向前問她的名字。

他說：「小姐，你叫什麼？」

那小姐睜著她的大眼睛，對著他說：「我叫牛肉麵。」

動物

老師：「你腳上穿的是什麼？」
學生：「是皮鞋。」
老師：「那皮是從哪兒來的？」
學生：「是從牛身上來的。」
老師：「那麼，給你皮鞋穿，還給你肉吃的動物是什麼？」
學生：「是我爸。」

驗算

一位監考老師正納悶地盯著一位學生在擲骰子，奇怪的是……
那學生同一題擲好幾次……
便問那學生為什麼這樣做。
那學生無奈的回答說：「難道不用驗算嗎？」

鳥試

話說某校生物系某學科期末考試時，一位老教授提著一個用黑布罩著的鳥籠，只露出兩條鳥腿，考試題目就是：由觀察到的鳥腿寫下此鳥的種類。某學生辛苦準備考試數週，結果什麼都沒考，就考出這樣的鳥試，他又不會，就火大了，拍了一下桌子，交了白卷（不寫姓名學號）！老教授因而很生氣，要那位學生留下姓名來……

那學生只把褲管拉了起來，露出一雙毛腿，對老教授說：「你猜我是誰？」

測謊器

爸爸有一個測謊器，他問阿華：「你今天數學成績考得如何呢？」

阿華回答道：「A」測謊器響了。

阿華又說：「B」機器也響了。

阿華又改說：「C」機器又響了。

阿華很生氣的叫道：「我以前都是得A的。」
這時，測謊器卻翻倒了。

臥談

某夜，一男生宿舍臥談會持續到凌晨三點，突然想討論一個問題：「遇到一個漂亮女生，首先應該說什麼？」某君從夢中驚醒，說：「甭說了，我們睡吧！」

北大教師

北大某青年教師喜歡打麻將。有一次，他玩了一通宵，第二天早上八點有課，便七點半下了麻將桌，趕去教室上課。正好這天值日生沒有擦黑板，他大叫一聲：「哪一個做莊？」值日生不敢應聲，他只好自己擦。可是卻找不到板擦，他又大聲地叫了一聲：「白板放到哪兒去了？」……這節是國文課，在講生詞時，他拿起粉筆，在黑板上寫了一個「中國」，然後說：「同學們，請看白板，這上面有一個紅中。」

規定

一日數學課，像以往一樣，同學們正在認真的聽講，記筆記。講到重點時，老師突然以加重的語氣說：「這是規定！」接著老師又以詢問加反問的語氣說：「什麼是規定？」大家茫然，一個個睜大了眼睛。老師以耐人尋味的口氣說：「龜腚就是王八的屁股！」鴉雀無聲。

過了一會兒，老師恍然大悟道：「對不起，說錯了，說錯了。」譁然。

學英語

有一次給一個初中小男孩做家教，在其英語課本上發現如下極其恐怖的字眼：

爸死（bus）

爺死（yes）

哥死（girls）

妹死（Miss）
……
死光（school）

地理考試

地理考試時，老師要學生簡要敘述下列各地：

阿拉伯、新加坡、好望角、羅馬、名古屋、澳門。

其中有一位小朋這樣寫：從前有個老公公，大家叫他阿拉伯，有一天他出去爬山，當他爬到新加坡的時候，忽然看見一隻頭上長著好望角的大羅馬直衝上來，嚇得他拔腿逃進名古屋，立即關上澳門。

第2篇

醫療

盲腸

醫生診斷之後，對患者說：「你必須割除盲腸。」

患者吃驚地說：「人沒有盲腸也可以生存嗎？」

「你是可以很好地活下去，可是我們醫生卻不行。」

久仰，久仰

一個患有腳癢的患者去看醫生，當他見到醫生時，腳忽然癢得非常厲害，於是就著急地對醫生說道：「腳癢，腳癢。」可是醫生卻聽成了『久仰，久仰』。於是他說道：「哪裡，哪裡。」那人指著自己的腳說：「這裡，這裡。」

一算就準

一位老婦人去看病，醫生詳細地檢查老婦人的身體後說：「親愛的，您真健康，您可以活到八十九歲！」

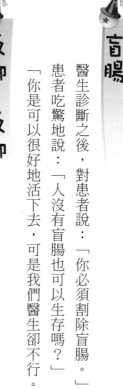

「我已經八十九歲了！」老婦人大叫。
「您瞧，我給您算得多準啊！」

名畫

「我為去年的畫展畫了點東西。」
「掛出來了嗎？」
「掛出來了，就在入口處最顯眼的地方。」
「祝賀你！畫的是什麼？」
「就是那塊標明『往左走』的路牌。」

哲理

有人問一位哲人：「什麼是樂觀主義者和悲觀主義者？」
這位哲人回答：「樂觀主義者就是那些一心想結婚的男人；悲觀主義者就是那些早已結了婚的男人。」

擔心

查理對妻子說：「我這些天老頭疼，早上的事，不到中午就忘得一乾二淨。昨天我去看醫生，告訴他我可能得了健忘症。」

「醫生說什麼？」

「他說我必須先付了錢，才能看病」

「為什麼？」

「他擔心我忘了付錢。」

開得別太深

主任醫生大發脾氣，「這已是你本月裡損壞的第四個手術台了，布魯克先生！請你以後開刀不要開得太深。」

許諾與胡話

擁有百萬家產的富翁歐里病倒了，臥床不起，看樣子病得確實不輕。

他對醫生說：「大夫，如果我康復了，我捐五十萬美元給您的新醫院。」

醫生很高興，竭盡全力為他看病。幾個月後歐里恢復了健康，醫生說：「您復元良好，這使我很高興，我想和您談談應為我的新醫院捐款的事情。」

歐里很驚奇地說：「是我答應的？」

「是啊，您親口對我許諾的。」

「我病得多厲害呀！甚至說了那麼多的胡話！」

吞錢求醫

有一個人來到了診所，顯得滿面愁容。他說：「醫生，請您幫幫忙，一個月前我吞下了一枚硬幣！」

「喂，老兄！」醫生說：「您吞錢那天為什麼不來找我呢？」

「實話對您說吧，醫生，」那人回答說，「那時我不需要這錢。」

好事難找

病人將在第二天動一個小手術。當一位漂亮的女護士過來給他檢查身體時，他對她說：「在下星期六我的身體恢復後，能否邀請你共進晚餐呢？」

護士小姐甜美地一笑，回答說：「先生，我也不知道，你最好是問我的未婚夫，他明天為你主刀。」

好消息和壞消息

醫生：「瓊斯太太，我要告訴你一個好消息。」

瓊斯：「好消息？那太好了！但是您應該說『瓊斯小姐』，而不是『瓊斯太太』」。

醫生：「瓊斯小姐，可是現在我要告訴你一個壞消息。」

緊張

躺在手術台上的患者，看到手術前的各種準備，心裡覺得非常不安，就說：「大夫，對不起，這是我初次動手術，所以感到非常緊張。」

大夫拍拍他的肩膀，安慰道：「我也是一樣。」

回音

牙醫（在檢查病人的口腔）：「你的牙齒上有個大洞！有個大洞。」

病人（不高興地）：「是有個洞，可是你也不用說兩遍呀。」

牙醫：「我只說了一遍，那確實是回音，確實是回音。」

特殊療法

一個修女從診療室裡突然衝出來，還沒有付款就逃跑了，接待員感到很驚訝，醫生出來時，她問道：「這是怎麼回事？」

醫生答道：「我告訴她說她懷孕了。」
「天啊！」接待員驚呼，「這是絕對不可能的。」
「當然不可能，」他說，「但我用這種方法治好了她的打嗝。」

牙齒疼不疼？

有位父親帶著女兒到醫院拔牙……回家途中，他問她牙齒還疼不疼？
女兒答：「我不知道啊，牙齒留在牙醫那裡了……」

祖傳秘訣

兒子問老爸：「我明天就要掛牌開診所了，你能不能傳授一點成功的祕訣呢？」
老爸痛快地說：「反正我要退休了，說出來也不要緊，你在寫診斷書時，字跡要模模糊糊，而在收費單上要寫得盡量清楚。」

該死的牧師

有一位老人在醫院戴著氧氣罩，旁邊站著牧師和他的家人。

這時老人好像要對牧師說什麼，嘴微微張開，有話要說卻說不清楚。其情景十分痛楚，這時牧師以為他要說遺言。

牧師還是一動不動，對老人說：「如果你說不出來就寫在紙上吧！」就給了老人一張白紙，老人用乞求的眼神看著牧師寫完遺言就撒手人寰了。牧師也沒有看紙條，就把紙條給了老人的夫人，說這是老人的遺言。

夫人打開一看氣壞了！上面是這樣寫的：「你這該死的牧師，你踩到我的氧氣管上了！快給我滾開！」

戒菸

某人患有心臟病，醫生勸他戒菸，並且說，如果不能一下子戒掉，可

以先改為每天飯後抽一根。

二個月後，他又去看醫生，醫生檢查發現他又犯了胃病，大惑不解，問：「這是怎麼回事？」

「可能是因為我為了遵守您飯後一根菸的建議，每天吃飯次數過多而且不規律吧……」

神經病

一個精神科醫生對兩個即將出院的精神病患者說：「你們現在可以出院了，如果你們其中一個犯了病，那麼另外一個一定要打電話給我，我來處理。」

等了兩天，精神病患者中的一個打電話來了。他告訴醫生另外一個精神病患者最近跑到了他家，到他的衛生間大喊：「我是你的馬桶。我是你的馬桶。」

醫生聽了，就說：「那你還不快點把他送過來。」

「要是我把他送到你那裡，我不就沒有馬桶了嗎？」

寫信

一間精神病醫院中，某個患者在寫信，護士看到了就很好奇地問他：

護士：「你要寫給誰啊？」

病人：「寫給我自己啊！」

護士：「那你都寫些什麼啊？」

病人：「你神經病啊！我還沒收到怎麼知道！」

口試

某天，一醫院進行口試，一教授問：「某藥的藥劑量是多少？」一學生回答：「六克」。過了一會兒，他突然想起應該是六毫克，他站起來：「教授，我可否修正一下？」教授說不用了，病人已在三十秒內因用量過多死亡了。」

成功的手術

醫學界要進行一項偉大的「返老還童」試驗，選中卡特老人上手術台。他已經九十八歲高齡。手術中，卡特四肢亂動。

醫生急忙叫道：「不要亂動！」

卡特竟然哭起來。

醫生只好勸他：「忍著點，疼痛很快就會過去的。」

卡特：「不是痛，我是想吃奶了。」

醫院笑話

上解剖課時，解剖台上放著五個心臟，其中一個比其他的至少大四倍，同學們竊語：「這個人一定是得肺水死的。」

學生甲：「這個人一定是得心肌炎死的，心臟變得那麼厚，一定是發炎了。」

學生乙：「這個人一定是得心肌梗塞，左右心室都肥厚。」

老師說：「為了讓同學們看得更清楚，今天特意準備了一個大牛心……」

同學一陣唏噓聲。

鑰匙

有一家瘋人院。一天，院長想看看有多少人病好了。就讓護士在牆上畫了一扇大門。只見一個個病人都瘋了一樣往牆上撞。院長很失望，忽然，他看見有一個病人無動於衷。院長很高興，急忙跑過去問他：「難道你不想跟他們一起出去嗎？」病人答道：「這幫瘋子，我這兒有鑰匙！」

一筆糊塗賬

瘋人院新任院長走到一個病人面前，問他為何進入瘋人院。「醫生，是這樣的。我娶了一個有成年女兒的寡婦。我父親卻娶了她的女兒為妻，所以我太太成了她公公的岳母，她的女兒成了我的繼女

和繼母。繼母生了個兒子，這個孩子成了我的弟弟和我太太的外孫。我也有了一個兒子，他成了他祖父的內弟，和他自己叔父的叔父。另一方面，我的父親提到他外孫的時候，說是他的內弟，我的兒子叫他的姐姐作祖母。我現在認為我是我母親的父親，我孫子的哥哥，我太太是她女婿的女兒，是她孫子的姐姐。現在我不知道我是自己的祖父，我弟弟的父親，還是我兒子的侄子，因為我的兒子是我父親的內弟。院長，這就是我來這裡的真正原因。我覺得在這裡比家裡安靜多了。」

糖漿

有一天我去王老太太家出診，看看我上次開的止咳糖漿效果怎樣。一進門，我就看到王老太太站在屋子中央前後左右地搖晃著身子，旁邊是我開的糖漿。

第3篇

軍營

證書

一對軍官新人在領到結婚證書後，新郎壓低聲音對新娘說道：「這可是你的長期飯票！」

新娘也毫不留情地回敬道：「這也是你的洗衣機保證書！」

都是行家

第二次世界大戰結束後，兩個退役的通訊兵決定去一家公司求職。錄用前，必須經過一場嚴格的考試。於是他們約定，互相通報重要答案，方法是用鉛筆「嘀嘀答答」地敲桌子，這樣就能神不知鬼不覺地互相串通了。考試開始了，正當他們「嘀嘀答答」地作弊時，沒想到監考老師也敲起桌子來。那一串「嘀嘀答答」的聲音，使他倆聽到這樣一句話：

「我們原是一支部隊的，你倆玩的這套把戲應該收場了。」

雞跑了

有一天一個阿兵哥出去買東西，買了一隻雞回部隊，結果坐公車時，因為很擁擠，不小心雞跑掉了，跑到一個少女的裙子底下，因為車很擠，不能動彈，阿兵哥很著急地說：「小姐，能不能把腳移開，好讓我把『雞』抓出來」，那小姐立即面紅耳赤，結果阿兵哥……

以牙還牙

第二次世界大戰時，德軍在被占領的巴黎城裡耀武揚威，有兩個德國軍官走進一家旅館，粗暴地說：「這兒簡直像個豬圈，這樣的地方，住一晚上要多少錢？」「一頭豬一百法郎，兩頭豬一百八十法郎。」老闆冷冷地回答。

倒掉

士兵狄克提著一瓶酒回宿營地時，不巧碰上向來嚴厲的連長。他只好撒謊：「這瓶酒是我和上校合買的，一半屬於上校。」

連長訓斥：「把另一半給我倒掉！」

狄克慢吞吞地說：「那就沒辦法倒了，我的一半在瓶子最下邊。」

演習

漂亮的導遊小姐帶隊到部隊營地去參觀遊覽，突然旁邊一隊士兵放了一陣槍，小姐一驚之下倒入陪同的連長懷裡。導遊小姐急忙紅著臉說：「真對不起，我被你們的槍聲嚇著了。」連長說：「沒關係的，你願意看大炮演習嗎？」

像以前一樣

有個退休上校遇到他在軍中時的勤務兵。勤務兵也剛好退役，於是少

校就雇他為男僕，並吩咐他像以前一樣每天早上六點鐘準時叫他起床。

第二天早上六點，這位勤務兵走進主人的臥室，叫他起來，然後又在上校太太的屁股上打一下說：「小姐，你應該回家了！」

驕傲

一位剛剛晉升的上校，到前線視察他將要接管的部隊。走到佇列中一位有點羞澀的士兵面前時，他停下來說：「年輕人，頭再抬高一點，即使在大人物面前也要挺起胸膛來。我們握一握手吧，你可以寫信告訴你的家人，說你和上校握過手了，他們一定會為此感到榮幸的。年輕人，你爸爸是做什麼的？」

士兵回答：「報告長官，我爸爸是個將軍。」

軍人家庭

布希是個典型的軍人，他的家庭也有非常濃厚的軍事色彩。例如，廚房門口寫著「食堂」，客廳門口寫著「會議室」，兒子的臥室寫著「男兵宿舍」，女兒的臥室寫著「女兵宿舍」。客人們想夫妻的臥室一定掛著「司令部」的牌子，出乎意料的是牌子上卻寫著：「新兵培訓中心」。

分配工作

「誰喜歡音樂，就向前走三步！」連長發出命令。士兵全出列。「很好，現在請你們把這幾架鋼琴抬到三樓會議室去。」

戰地記者

一戰地記者前去採訪一位參與對伊作戰的美國後勤部少校。

記者：「請問，難道你們準備把這些炸彈和食品都投到伊拉克去嗎？」

少校：「NO，我們準備把炸彈投到巴格達，而把食品投到北韓。」

戰地記者忽然頓悟：「布希真是一條狡猾的老狐狸。」

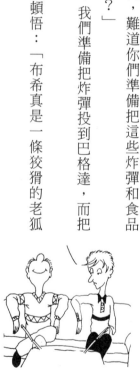

戰機

嘿嘿，配合世貿大廈的倒塌，波音公司推出新的廣告語：「波音飛機，客機中的戰鬥機。」

七日遊

旅遊黃金路線伊拉克七日遊，住難民營，一日三餐不保，與海珊暢談抗美經歷，學習製造飛毛腿導彈，返程飛機目標為美國白宮，報名從速！

女孩從哪裡來

兩個美國大兵看著一個女孩用手抓住自己頭上的帽子從身邊走過。

「那個女孩子一定不是從鄉下來的。」一個大兵說。

「何以見得？」

「當刮大風時，你立刻就可以區別鄉下的女孩和城裡的女孩。」他繼續說，「鄉下的女孩會扯緊她的裙子，而城裡的女孩則會緊抓她的帽

子。」

粗心的中尉

軍營裡過星期天，中尉連長告訴全體士兵說：「凡是要進城的，人人都要衣冠整齊，我要親自檢查。」

弗萊德是一個新兵，正準備外出，他第一個來見中尉，中尉一抬頭，說：「你的頭髮太長太亂了，理完髮再來見我。」

弗萊德到理髮室一看，裡面擠滿了人，輪到他要等很長的時間。他轉身一想，馬上回營房把皮鞋擦得又光又亮，才飛快地趕去見中尉。

「報告，中尉，」弗萊德把頭朝後仰，「請看，我的皮鞋擦得多亮了啊！」

「嗯，比剛才亮多了。」中尉足足看了五秒鐘才回答，「你現在可以進城了，不過，千萬要記住，下次外出，要先擦亮皮鞋，然後再來見我。」

教官的辦法

美國的一個新兵訓練營在放映電影教材的時候，電影內容沉悶乏味，室內空氣污濁，很難使人不打瞌睡，可是教官真有本事，居然想出一個奇妙的辦法。他對新兵們說：「打瞌睡原本無可厚非，可是坐在瞌睡蟲兩邊的人須在操場上跑五圈。」

這樣一來，就沒有人打瞌睡了。

考核

在對新戰士進行考核時，長官問士兵們：「一個漆黑的夜晚，你正在站崗放哨，這時，突然有人從後面把你緊緊抱住，你該說什麼？」

一個戰士答道：「親愛的，請你放開我。」

急中生智

施姆爾成功地讓醫生相信：他幾乎完全瞎了，因此不能當兵。這一點

確定之後，他高興得去看電影。當他看到身旁坐著的正是那位給他做體檢的醫生時，他的驚恐之狀是可想而知的，但他急中生智，問道：「小姐，我是不是在北上的列車中！」

第4篇

外國

自殺的

「我看過一則新聞報導，說在洛杉磯發現一具黑人屍體，上面共有一百六十處刀、槍傷痕，不知員警最終做出何種解釋？」

「據說是自殺的！」

傳教士與菸

年輕的傳教士為了加強地方居民的宗教信仰，來到了遙遠的偏僻村子。他特別強烈地反對婦女吸菸。

有一次，他來到南茜的小農舍，看見她用自製的土菸斗拚命抽菸。

「南茜大嬸」，他說，「你到另一個世界去的時間不遠了。當你走近天堂的大門，請求聖彼得放你進去的時候，你想會怎麼樣？難道你認為你朝他噴著菸草氣味，他會讓你進天堂嗎？」

老婦人從嘴裡抽出菸斗，想了想，回答道：「年輕人，沒關係，當我去天堂的時候，我已經不會出氣了。」

信守合約

一個加布羅沃人在一家銀行的門口擺小地攤賣煮玉米。他的玉米十分新鮮可口，前來的主顧很多，因此不久便積存下了一筆相當可觀的財產。他的一個熟人聽到這消息後，專門跑來，想從他那裡借一筆錢去做生意。

賣玉米的當時就回答道：「太對不起了！這事按道理不成問題，我的老朋友。不過當年我開始在這裡設攤的時候，便已跟這家銀行訂下合約：彼此絕不做殘酷的商業競爭。換句話說，銀行不賣煮玉米，我也絕不經營貸款業務。我怎能不信守合約呢？」

想要

一個波蘭男子走進一家餐廳時，漂亮的女服務生上前問道：「先生，你想要點什麼？」

「你知道我想要什麼，但首先你得讓我吃點東西吧，是不是？我的美人。」

2>3

顧客：「為什麼兩個水煮的雞蛋比三個油煎的雞蛋還貴呢？」

侍者：「煎蛋裡的雞蛋個數你不好數出來。」

抓兔子

中央情報局（CIA），聯邦調查局（FBI）和洛杉磯警察局（LAPD）都聲稱自己是最好的執行機構。為此美國總統讓他們三者比試一下高低。

於是總統把一隻兔子放進樹林，看他們如何把兔子抓回來。

中央情報局派出大批調查人員進入樹林，並對每棵樹進行審問，經過幾個月的調查訊問，得出結論是那隻所謂的兔子並不存在。

聯邦調查局出動人馬包圍了樹林，命令兔子出來投降，可兔子就是不出來，於是他們就放火燒毀了樹林，燒死了林中所有的動物，而且拒絕道歉，因為這一切都是兔子惹的禍。

輪到洛杉磯警察局時，幾名員警進入樹林，幾分鐘後，拖著一隻被打

得半死的老熊走了出來。老熊嘴裡含著兔子……

一起搬宗

一個小偷潛伏到朱哈家裡偷東西。朱哈沒有作聲，卻看得一清二楚。小偷背著大包小包的東西一出門，朱哈也立刻背了幾件家當追了出去。一路上，朱哈尾隨著小偷，左拐右拐，終於到了他家。小偷看見朱哈，奇怪地問：「老頭，你怎麼進來的？」朱哈回答：「咳！我們不是把家一起搬到這兒了嗎？以後還承蒙你多多關照！」

妻子和情婦

傑克和喬治想到酒吧裡買酒。裡面僅有兩位女客人，傑克看到後急忙逃出來，低聲跟喬治說：「快走，想不到我太太和情婦都在裡面。」喬治探頭一看，臉色陡然大變：「我的上帝呀，我太太和情婦也在裡面！」

一滴免費

一個蘇格蘭人在餐館裡問女服務生：「如果只是一滴威士忌的話，你們會收多少錢？」

服務小姐甜美地微笑道：「那就免費。」

「那太好了，你替我一滴一滴滴滿這一大杯吧！」

紅酒好喝

一個阿拉伯人娶了兩個老婆。他跟大小老婆約定：如果他晚餐喝白酒，就跟大老婆睡；喝紅酒就跟小老婆睡。

小老婆入門的第一天晚上，他喝的是紅酒。第二天晚上，他說：「嗯，紅酒味道不錯！」於是又喝了紅酒。第三天，他說：「哇！紅酒是越喝越好喝！」於是，他又喝了紅酒。

到了第四天，他又說：「紅酒的味道真的比白酒好喝！」

大老婆實在受不了了，生氣地說：「你是想把白酒留給客人喝的

吧！」

是太陽還是月亮

彼得是個酒鬼。有一次，他到一個陌生的城市去旅行，晚上從酒店裡出來，醉醺醺的，走路也東倒西歪。正當他站在馬路中間等待問路時，又有一個酒鬼從對面走過來，看樣子比彼得喝得還多。他彷彿看到天上有什麼奇怪的東西，問彼得：「對不起！請問，天上是月亮還是太陽？」彼得抬頭望了望，然後搖搖頭，說：「對不起！我不知道，我也不是本地人。」

瘋狂球迷

妻：「你關心球賽勝過關心我們的雙胞胎。」

夫：「誰說的？」

妻：「還不承認？我問你，我們那對龍鳳胎是哪一天出生的！」

夫：「湖人隊和公牛隊比賽那天！」

吹牛比賽

一個美國人和一個法國人在互相吹牛。法國人說：「我們國家最近有人發明了一種機器，能將活生生的肥豬從機器的這邊入口趕進去，從機器的另一邊就會源源不斷的運出美味可口的香腸來。」

美國人說：「這有什麼了不起的，這種機器在我們國家已經有了改良。如果香腸不合胃口的話，只要把香腸送回機器，肥豬就會從另一邊活生生地跑出來了。」

即刻辦理

柯林頓先生急急忙忙地跑到保險公司，對業務員說：「先生，請你立刻幫我辦理一份財產保險！」

「幹麼那麼著急呢？」業務員問。

「能不急嗎？房子都冒煙了。」

得意忘形

情人：「親愛的，你的吻比起我丈夫要熱烈得多了！」

男人：「是的，你家那漂亮的女傭人對我也是這樣說的。」

好吃

在美國，難免會遇到一些崇尚我們中華文化的洋人。

Steve 就是一個這樣的例子。

話說端午節後，我到 Steve 家去玩……

Steve：「Hi! Oneball, How are you doing?」

Oneball：「Fine, Thanks. Steve，上回送你的粽子覺得如何？」

Steve：「味道是很不錯了，可是……」

Oneball：「可是怎樣了？」

Steve：「不好意思了，你們不覺得那外頭包的生菜硬了一些嗎？」

Oneball（強忍著笑，痛苦狀）：「Excuse me, can I use your restroom?」

半票

一個蘇格蘭人來到足球場售票處，拿出五十個便士買票。

「還差五十便士，先生。」售票員說。

「可我只看蘇格蘭隊啊。至於另外那一隊，我一眼都不會看的，難道我也要繳錢嗎？」

歷史

法國人說：「美國人的爺爺的爺爺，就不知道是哪一國人了。」

美國人說：「法國人的孫子的孫子，就不知道是哪一國人了。」

法國人總喜歡譏笑美國歷史太短，說：「美國人回想自己家族的歷史，總是追溯到祖父那一輩就追溯不上去了。」

美國人則說：「當法國人思考這個問題時，常常為誰是其父親而感到迷惑不解。」

抽菸與工作

工頭看見貝利先生在工廠抽菸很生氣。

「工作的時間不能抽菸，貝利先生！」工頭惱火地對他說。

貝利慢條斯理地又吸了一口菸，然後抬起頭對工頭說：「沒錯，先生，所以我在抽菸的時候就不工作。」

單複數

老師：「傑克，你現在懂得單數和複數的區別了嗎？」

傑克：「是的，懂了。」

老師：「那麼你給我說說看，『褲子』這個詞是單數還是複數？」

傑克：「上面是單數，下面是複數。」

做客

有一次，一個熟人到阿友家裡做客。他已經住了兩三個星期，仍然沒有離開的跡象。最後，阿友只好問他：「你難道就不想念你的妻兒老小嗎？」

「你說對了，我今天就給他們寫信，讓他們趕快動身到這裡來。」

喇叭和槍

因為美國槍械沒有嚴加管制。某個軍火商因鎮上治安太好，槍賣不出去，最後只好又兼賣另一樣東西——喇叭！某天，某人買了一支喇叭，結果當天就有三、四人來買槍。後來他又賣出一支喇叭，第二天又有人來買槍。在好奇心的驅使下，他問其中一位買槍的客人。客人說：「我家對面那『渾蛋』昨天吹了一天的喇叭，我們全家都快受不了了！所以我才來買槍……」

解雇

布朗在一家蔬菜廠工作。他在那裡已經工作了好幾年，有一天他回到家對妻子坦白說他總有一種可怕的衝動，總想把自己的腦袋放到切菜機裡去。妻子建議他去精神科專家那裡諮詢一下，但他認為這種事情太尷尬，決定自己解決這個問題。

幾週之後的一天，布朗面色蒼白地回到家。他的妻子立即預感到可能發生了某種可怕的事情。「怎麼了，布朗？」她問道。

「你記得我以前曾告訴過你，我總想把自己的腦袋放進切菜機裡去的衝動嗎？」

「噢，布朗，我希望你沒有真的這樣做！」

「不，我做了。」

「天哪，布朗，結果怎樣？」

「我被解雇了。」

「不，布朗。我是說，切菜機怎麼樣？」

「噢……它也被解雇了。」

報社訃告

一個丈夫死後，他妻子去報社發訃告。由於手上的錢有限，她決定只

刊登以下兩句：「華盛頓去世，葬禮週日。」編輯對她很是同情，就說她可以免費再多說幾句話。於是她把訃告改成：「華盛頓去世，葬禮週日，有林肯轎車出售。」

偷情的報酬

一位丈夫爬到閣樓上時發現一個蛋盒，裡面卻沒有蛋，但卻有共計約五千英鎊的鈔票。他問妻子：「為什麼這個蛋盒裡裝著這些錢？」

妻子無法應答，只好大聲說道：「我再也不能騙你了。我曾經對你不忠，每次我與一個男人在一起，都會得到一個雞蛋作為報酬。」

「可這只能解釋蛋盒的事情，」丈夫問，「那五千英鎊是怎麼回事？」

「是這樣的，」妻子回答，「每次我湊滿一打，就把它們賣掉。」

卑鄙而偉大的發明

史蒂文生發明了一種特殊的「情書專用墨水」，該墨水的最大特點是剛剛寫時顏色鮮豔無比，幾個月之後則會褪色消失得無影無蹤。

那些朝三暮四的男人們競相購買這種墨水，在情書裡肆意山盟海誓，待他們見異思遷時又可不踐履前約，來個死不認賬。結果，史蒂文生的這一偉大發明一舉奪得二十一世紀「最卑鄙發明」的桂冠。

親吻

妻子對丈夫抱怨說：「你看人家對面的布朗先生，每天早晨上班前，他總要與妻子親吻告別。可你為什麼不能這樣做呢？」

「因為我現在還不認識他的妻子。」丈夫回答。

騎自行車

一位傳教士向一位部落酋長傳教佈道，他們一起穿過叢林。當他們正

在行走時，看見一對男女正在路邊草叢裡嬉戲。

「他們在這裡做什麼呢？」酋長問。

這位傳教士非常尷尬地說：「噢，呃，酋長，他正在騎自行車。」

這位酋長一邊咕噥著，一邊拿出一根毒箭射向男人的背。

「酋長，你不該殺死他，」傳教士嚷道，「他們做的事是很自然而然的事情。你為什麼一定要殺他呢？」

「他騎的是我的自行車！」酋長說。

權力之爭

有一潑婦，看到員警在大聲斥責她的丈夫，便不快地對他說：「請你說話注意一點，能向我丈夫大聲吆喝的，除了我，沒有第二個人敢這樣。」

伊甸園

一個英國人，一個法國人，一個蘇聯人共同欣賞一幅伊甸園裡亞當夏娃的畫。

「他們顯然是英國人，」英國人說，「她只有一個蘋果，卻送給他吃。」

「不，」法國人說，「他們穿著比基尼一起吃水果，一定是法國人。」

「他們是蘇聯人，」蘇聯人斬釘截鐵的說，「他們沒衣服穿，幾乎沒東西吃，卻仍然以為自己在樂園裡。」

掉進洞裡

巴里．大衛斯是一位極其懼內的妻管嚴。事實上，他只有一次沒對老婆講真話。他們那裡每年都有一次聚會，參加的人都會講一個關於自己老

婆最滑稽的笑話，勝利者會得到獎品。這一年巴里・大衛斯取勝，驕傲地帶著獎品回家了。

「你是怎麼得到它的？」他的妻子問。

「呃，是，呃……是因為我講了一個有關去年夏天的假期裡我們玩高爾夫球的故事，親愛的。」巴里結結巴巴地回答。

「噢，」他的妻子咕噥著去做別的事了。

第二天，巴里的妻子與另外一位曾參加過這次聚會的男人的妻子在一起聊天。

「嗨，巴里夫人，」這個女人說，「我聽說你家的巴里先生昨天因為一個故事而得了大獎。」

「是的，但我不知道為什麼。」大衛斯夫人說道，「那種事情我們只做過一次。他的帽子掉了。掉到洞裡拿不出來，而且他還丟了一個球。」

荒唐的恐嚇信

富翁的妻子收到一封恐嚇信，信上說，如果她不按照規定的時間和地點送去一百萬元的話，就將綁架她的丈夫。

富翁的妻子按要求將一個信封送到指定地點，信封內沒有裝錢，只有一張便條。便條上寫著：「尊敬的先生們，很遺憾，我沒有你們想要的一百萬元。因為我的丈夫對我特別吝嗇。

如果你們能遵守諾言，事成之後，我將從繼承的遺產中給你們五十萬元表示感謝。」

偶爾的愛

史密斯：「你知道嗎？我和我太太結婚後，卻從來沒有和她有過那種事。你呢？」

傑克遜：「偶爾，當你出差在外的時候。」

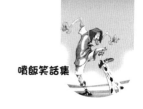

並不合身

女營業員說：「這條褲子給您穿真是合身極了！」
女孩：「可我覺得褲腰把腋下卡得太緊了。」

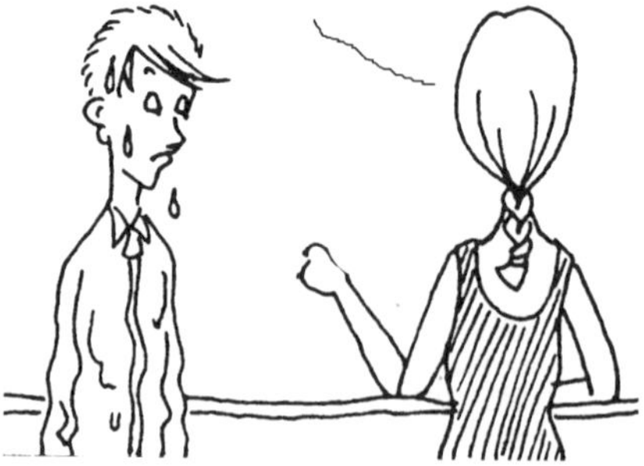

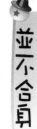

第5篇

經典

NO! NO! NO!

一個美國人在中國一家飯店裡吃飯。當侍者端上一盤大海蝦後，美國人問道：「請問你們怎樣處理吃剩的蝦殼？」

「當然是倒掉啦！」侍者道。

「NO! NO! NO!」美國人搖搖頭說，「在我們美國，吃剩的蝦殼就送進工廠裡，做成蝦餅，然後再賣到你們中國來。」

一會兒，侍者又端上了一盤水果拼盤，美國人指著其中的一個檸檬又問：「請問你們怎樣處理吃剩的檸檬皮？」

「當然是倒掉啦！」侍者道。

「NO! NO! NO!」美國人搖搖頭說，「在我們美國，吃剩的檸檬皮就送進工廠裡，做成果珍，然後再賣到你們中國來。」

結賬的時候，美國人一邊嚼著口香糖，一邊笑著問侍者：「請問你們是怎樣處理吃剩的口香糖？」

「當然是吐掉啦！」侍者道。

「NO! NO! NO!」美國人搖搖頭，得意的說，「在我們美國，嚼過的口香糖就送進工廠裡，做成保險套，然後再賣到你們中國。」

侍者不耐煩的問道：「那你知道在我們中國，如何處理用過的這些保險套嗎？」

「當然是扔掉啦！」美國人道。

侍者搖搖頭說：「NO! NO! NO! 在我們中國，用過的保險套就送進工廠裡，做成口香糖，然後再賣到你們美國去。」

美國人聞此言，突發心臟病。

錯過八首

遲到的布朗先生問他的鄰座：「請問，現在台上演奏的是什麼曲子？」

鄰座說：「貝多芬的第九交響曲！」

布朗先生十分懊喪地說：「唉！真不該來晚了，瞧！錯過了八首，多可惜啊！」

前後變人

「你說為什麼男人結婚後往往變得像個女人一樣？」

「這是因為有些女人結婚後往往變得像男人一樣。」

醉漢

一天，一個醉漢走出波特曼大酒店，上了計程車，對司機說：「希爾頓飯店，八樓八一八號房。」

途中，司機發現醉漢把衣服一件一件全脫下來，便說：「先生，還沒到你房間裡呢！」

醉漢一聽大怒：「你為什麼不早說？剛才我已經把皮鞋脫到門外去了！」

誰更聰明

貝爾去拜訪朋友，看到他在和他的狗下棋。貝爾在旁邊看了一會兒，驚奇地說：「我簡直不敢相信，居然有這麼聰明的狗。」

他的朋友搖搖頭：「牠並沒有你說得那麼聰明，五局中我已經擊敗牠一局了。」

就在今天晚上

一位醫生正在給一群人做關於性知識的講座。他問這些人有多少是一週有一次，大多數人都舉起來手來。他又問有誰一個月有一次，少數的一些人舉起手。醫生繼續他的講座，後來他發現有一個人一直沒有舉手。

「你多長時間有一次？」醫生問他。

「每三年一次。」這個人興奮地回答。

「三年一次！」醫生說，「你看起來一點都沒有難過的跡象。」

「是的，就在今天晚上！」這個人回答。

扒手之道

一位扒手在一家首飾店偷盜手錶時，被當場人贓俱獲。

扒手對店主說：「你聽我說，我知道無論哪一種麻煩你都不想惹上，我剛才不是說過要買這塊手錶，但卻忘了付錢給你？」

店主同意了，並開了銷售發票。扒手看了看發票，說道：「這比我預想的要貴，你能給我看一些更便宜的東西嗎？」

決心

丈夫：「你的批評無疑是正確的，我下定決心，堅決改正錯誤。」

妻子：「這已是你第十次下決心了！」

丈夫：「千真萬確！這個批評我接受，我不再下決心了。」

賭鬼

有一天老婆讓賭鬼去給他死去的爸媽上墳，剛走到半路，他的賭癮就犯了，於是他就把紙錢點著，一邊燒紙錢一邊念叨：「爸媽，麻煩你們多走幾步路吧，我等著回去擲骰子呢！」

侏儒之旅

兩個侏儒決定外出旅行改善一下沉悶的生活。在旅館的酒吧裡，他們被兩個女人迷得神魂顛倒，但令第一個侏儒感到非常失望的是，他總是不能達到最後一步。當聽到隔壁房間裡不斷傳來聲音後他更傷心，隔壁「一、二、三……噢！」的叫喊聲一直持續了整個晚上。

第二天早晨他們相遇。

「過得怎麼樣？」他的好友問他。

「太尷尬了，」他回答，「我一直沒辦法……」

第二個侏儒搖著頭說：「這也算尷尬？我連床都沒跳上去！」

被騙

一個醉鬼朝城市中心的一處噴泉裡撒尿，這時一個員警走過來對他說：「停下，把褲子穿好！」這個醉鬼快速地把褲子穿上，並拉上拉鏈。

當員警轉過身要離開時，那個醉鬼笑起來。

員警問：「有什麼好笑的？」

「你被騙了，」這個醉鬼說，「我是把褲子提起來了，但我並沒有停下。」

尖叫

有這麼一個怪人，他平時對自己的妻子總是既冷淡又缺乏熱情，但每隔兩個月，無論他在什麼地方，只要時間一到，他都會尖叫一聲，然後衝動地抱著妻子回到房裡，瘋狂地與她做愛。有一次這種時間快到了，一天下午，當妻子又

聽到丈夫的尖叫聲時，她滿心歡喜地跑到外面，熱情地擁抱住丈夫。

「你這個蕩婦，你想做什麼？」她的丈夫突然譏嘲地對她說，「我叫是因為我們的車庫著火了！」

解決之道

法官盤問竊車賊說：「你只用一個月的時間就盜竊了二十輛汽車，你的工作效率真是挺高的，是吧？」

「沒錯，法官大人，所以說，你們現在逮捕我真是一個特大的錯誤。如果你們再給我幾個星期的時間，我敢保證，我們這個城市的交通堵塞問題很快就可以得到徹底的解決。」

男人的愚蠢

晚飯後，丈夫問妻子：「親愛的，我常感到很奇怪，為什麼女人的智慧遠不如自己的外表？」

妻子回答道：「因為男人雖然愚蠢，但卻很少會是瞎子。」

不會疼的

瓊斯太太在做整容手術前顯得很緊張，不停地問醫生手術會不會很疼。

醫生說：「放心吧，夫人，在沒有收到醫藥費帳單的時候是不會疼的！」

敬佩

一天深夜，員警跟蹤著一輛汽車。這輛汽車司機的駕駛技術簡直達到完美的境界，他從不超速，卻總是能夠發出明確的信號，甚至對其他司機也極有禮貌。

最後跟蹤的警車停靠在這輛汽車旁，一停下車便對司機說：「請原諒，先生，你並沒什麼麻煩，我們只是對你的駕駛技術感到極其敬佩」

「謝謝，長官，」司機回答，「當我喝了酒後，開車時，我總是極為小心。」

弄巧成拙

四個護士打算捉弄一下一個非常傲慢的主治醫生。一天晚上，她們聚到一起，討論各自的戰果。

第一個說：「我把他的聽診器裡塞上棉花，他現在什麼也聽不到。」

第二個說：「那有什麼了不起的，我把溫度計裡的水銀給抽了出來，並把它們全都塗成一百度。」

第三個微微一笑：「我把他抽屜裡的一盒避孕套全刺了小洞。」

第四個護士頓時暈了過去。

推著汽車走

交通警察看到一個司機在大街上正吃力地推著汽車，就走過去問：「先生，是故障了還是沒汽油了？」

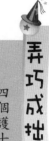

「哦，都不是，剛才我突然發現忘記帶駕駛執照了。」

前奏曲

「結婚儀式上，新郎和新娘為什麼要手牽著手呢？」

「那是一種習慣，正如兩個拳擊手，在開戰前先握手一樣。」

家庭父親

歹徒蒙托在路口被一個員警攔住。他奮力掙扎，掏出匕首刺死了這名員警。但最終他還是被警方逮捕了。

審訊時，警察局長痛斥他：「你知道你刺死的是誰嗎？是一個家庭的父親。」

「這不能怪我，」蒙托回答，「下一次你最好派一個單身漢來抓我。」

怕老婆

老王怕老婆，但在外人面前總說老婆怕他。有一天，家裡來了客人，他下廚做菜，老婆陪客人喝酒，有盤菜鹽放多了，他老婆又憤怒地罵了起來。老王怒氣沖沖地拿著菜刀出來，指著他老婆：「好大的膽子，你罵誰？」「我罵你哩！你龜孫打死賣鹽的啦！狠往裡放！」他沒想到，老婆當著客人的面也不給他留個面子，只好說：「你罵我也就罷了。若要罵客人，我就劈了你！」說完趕緊掉頭就走。

愛國人士

法官：「你一週內竟然搶劫二十五次，這聽起來簡直令人難以置信！」

被告：「確實沒錯，法官大人，我總是夜以繼日地拚命工作，我深信，假如所有人都這樣工作，我們國家很快就會走上富強之路。」

紀念品

男人：「您剛去世的丈夫是我最親密的朋友，希望您給我一些您丈夫的遺物，作為我和他友誼的紀念品。」

女人：「好心的朋友，除了我本人之外，我的丈夫什麼都沒給我留下。」

偷牛

法官：「你為什麼要偷走那頭牛？」

被告：「我認為那頭牛一直是無主的。」

法官：「憑什麼？」

被告：「因為那頭牛就在荒地旁邊吃草。」

第6篇

運動

不知好歹

當球到達禁區時，裁判吹哨判罰，後衛跑過來向他嚷道：「你怎麼回事，眼瞎了嗎？」裁判看他一眼，發現他已經有一張黃牌在身，就動了惻隱之心，平靜地問道：「你說了什麼，我好像沒聽見？」後衛更加惱怒地大叫：「原來你還是個聾子。」

旅行者和命運女神

有個旅行者長途跋涉了幾十天，感到勞累不堪，於是就在一口很深的井邊躺下睡著了。他離井口太近，眼看著就要掉到井裡去了。正在這時，命運女神來了，她把他叫醒，並告訴他：「朋友，請你醒一醒，萬一你不小心掉進井裡，被埋怨的卻是我，我將在人們心中背負著一個很壞的名聲。我發現，儘管事實上人們是由於自己的愚蠢而給自己召來厄運，卻肯定要把這種罪惡算到我頭上。」

籃球教練

一位運動員投籃，連投六次都沒有投中。

教練道：「笨蛋！瞧我的！」也投六次，也沒投進。「看見了嗎？你剛才就是這樣投的！」

機會

某球員要轉會，轉會前要進行考試。教練事先向主考官打招呼說：「我們的球員學識是有點差，題目別太難了。」主考官答應了。考試時，主考官看了球員一會兒，問道：「你說七乘七得多少？」球員思考了一會兒，說：「我想是四十九。」主考官尚未說話，教練就站了起來，懇切地說：「主考官，請您再給他一次機會。」

還是步行好

阿拉爾罕買了二十頭驢子，當他騎在驢上數數時，發現只有十九頭，

而當他下來步行時，所數的驢子正好是二十頭，騎上去又數，又是十九頭，跳下來又數，又是二十頭，反反覆覆幾十次，阿拉爾罕最後總結道：「還是步行好！」

花木蘭從軍

花木蘭女扮男裝替父參軍，作戰勇猛無比，被士兵尊稱為「花將軍」。在一次與敵軍激戰中，她恰好來了生理期，血順著褲角直往下流，身邊一個士兵發現後向同伴驚呼：「花將軍真厲害，下面的東西都沒了，還在攻打呢！」

地獄

某甲死後下地獄，小鬼領著他挑牢房。第一間裡面，一群男男女女被泡在沸水裡個個皮開肉綻，甲死也不肯進。第二間也好不到那去，裡頭的人都被野獸咬的頭腳分家，甲更不肯進。來到第三間，一群人泡在深及腰處的糞池裡喝茶，甲覺得還可以接受就進去了，不過一會兒小鬼進來宣

布：「各位，下午茶時間結束，請恢復倒立的姿勢。」

等一秒鐘吧

有一個人問上帝：「偉大的上帝，在你的眼睛裡，一千年的時間意味著什麼？」

上帝回答道：「只意味著一秒鐘罷了。」

「萬能的上帝呀，在你的眼睛裡，一萬枚金幣又意味著什麼呢？」

「僅僅意味著一點小錢罷了。」

「慈悲的上帝呀，那就請你恩賜給我一點小錢吧！」

「好，可憐的人，就請你稍等一秒鐘吧！」

穿上衣服我認不出來了

有位游泳教練性格直爽，說話聲音很大，一天，他在逛百貨公司，突

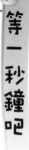

然有位女士同他打招呼，教練愣了一下，隨即大聲說道：「原來是你，穿上衣服，我都認不出來了！你真是的。」

祈禱

一個很虔誠的基督徒到非洲叢林探險，不幸迷失在叢林中，接著更悲慘的事發生了。一頭獅子發現了他並開始追殺他。他拚命地跑啊跑啊，最後跑到一棵樹下，隨即爬到樹上，但獅子卻不願放棄，蹲在樹下等待機會。

天黑了，他又饑又渴，於是開始向上帝禱告：「上帝啊！請您將這頭嗜血的獅子變成基督徒吧！」

他剛祈禱完，樹下那頭獅子說話了：「偉大的上帝啊，感謝您賜給我一頓豐盛的晚餐！」

挖墓

一個窮人向一位富人請求施捨：「先生，我很窮，請您發發慈悲吧！我是個有用的人，您以後肯定會有用得著我的地方。那時我會誠心誠意地為您及您的親屬效勞。」

「好吧！但不知你能做些什麼？」

「先生，我會挖墓。」

真理和旅行者

一個人在沙漠裡長途跋涉，一天，他遇到一個女人。

「你是誰？」旅行者問她，「你怎麼住在這種要人命的地方？」

「我的名字嘛，」女人說，「叫真理。我住在這裡，但是等待我的那些追求者，他們早晚都會來的。」

「沒錯，沒錯，」旅行者往四周看了看說：「在這個地方住下來，看來還不是很擠。」

最後的報應

三個男人，死後一起到了天堂門口。聖彼得在那裡歡迎恭候：「歡迎各位有幸升入天堂。天堂太大，你們每位都需要有自己的交通工具，我這就發給你們。」

聖彼得對第一個男人說：「你一生不務正業，對你妻子極為不忠。好在晚年有所收斂，就只能給你一輛越野腳踏車了。」

聖彼得對第二個男人說：「你比上一位老實多了，也就只有為數不多的幾次出軌的行為，但像你這樣的人也只配發給你一輛低檔小轎車。」

聖彼得對第三個男人說：「你是一位難得的好男人，你一生對你妻子忠心不二，恩愛有加，真是不容易，不愧為模範丈夫的典範。因此，我將發給你一輛勞斯萊斯超級豪華轎車，作為你一生忠貞不渝的嘉獎。」

三人剛要離去，卻見得了勞斯萊斯的男人嚎啕大哭起來。另外兩個人

大惑不解地問他：「你得了最好的車，難道還不滿意呀！你哭什麼？」

那人答道：「我剛剛瞧見我太太了，她正在那邊用一個skate board！」

向猶太人借錢

伊萬想喝酒，便向村裡一個猶太人借一枚銀幣。他們雙方談好了條件：伊萬明春還債，還加倍的錢。在此期間他用斧子作抵押。

伊萬剛要走，猶太人叫住他：「伊萬，等一等，我想起一件事來。到明春要湊足兩枚銀幣你肯定有困難的。你現在先付一半不是更好嗎？」

這話使伊萬也開了竅，他歸還了銀幣。他走在路上又想了一陣子，然後自言自語地說：「怪事，銀幣沒了，斧子沒了，我還欠一枚銀幣——但那猶太人還很有道理！」

第7篇

兒童

青蛙

小朋在睡覺前，總愛聽爸爸講故事，這樣才睡得著……

爸：「在以前，有一隻青蛙……」

小朋：「爸，今天我不想聽童話故事了，能不能講科幻故事呀？」

爸：「好！在外太空，有一隻青蛙……」

小朋：「得了，爸，為了慶祝我十歲生日，可以講限制級的嗎？」

爸：「好吧！可別讓你媽知道，有一隻沒穿衣服的青蛙……」

專用

湯姆問媽媽：「為什麼別人說喝母乳比較聰明健壯，而我小時候卻不是喝母乳長大的？」

媽媽臉有愧色。父親走過來說：「那是專用的！」

原因

一天晚上，爸爸已經酣然入睡，兒子卻仍在一旁做作業。

突然爸爸坐起來，說：「兒子啊，給我倒杯開水來。」兒子就倒了杯開水，爸爸喝了以後，就開始拚命抓牆，兒子頓覺驚異，但過一會兒爸爸竟睡著了，就沒有多想。不久，爸爸又坐了起來要水喝，兒子再倒一杯給他，他依然拚命抓牆……

兒子也驚異地喝了一杯，頓時抓牆流淚，好不狼狽，然後，兒子自語：「這水簡直太燙了！」

孔雀開屏

小瑪麗來到鄉下外祖母那兒，一天，她正在花園裡嬉戲，看見一隻大孔雀，她從來沒有見過這種鳥，望了一陣子後，她暗自得意地跑進屋裡叫道：「外婆，快來看呀！您家有一隻母雞正在開花。」

睡覺的樣子

媽媽看見女兒閉著雙眼站在穿衣鏡前，便問女兒：「你這是在做什麼？」

「我想看看我睡覺時究竟是什麼樣子。」

演化

小明：「你知道嗎？我爸爸說人是從猴子演變過來的呢。」

大傻：「胡說……我才不相信！」

小明：「是真的……我爸從來不會騙我的！」

大傻：「喔？那好！你回去問問你爸爸，他以前住在哪家動物園裡？」

小明：「……」

超級吝嗇鬼

吝嗇鬼的兒子對爸爸說：「爸爸！給我一點錢！星期天老師要帶我們去動物園看蟒蛇！」

「傻兒子，幹麼去花那個冤枉錢？你拿著我的放大鏡去河邊看看蚯蚓不就得了？」

媽媽，我從那兒出來的？

兒子最近特別喜歡提問題。有一天他問媽媽：「我是不是像孫悟空一樣從石頭縫裡蹦出來的？」

為了對孩子進行正確的生理教育，媽媽實話實說：「孩子，你是從媽媽肚子裡蹦出來的。」孩子不相信地說：「你看孫悟空蹦出石頭的時候，石頭都碎了。」媽媽說：「你看一看媽媽肚子上的傷疤就知道了。」

兒子一看果然有一道疤痕，這才相信，但委屈地說：「那我可就成不了孫悟空了。」媽媽忙安慰道：「你可以成為鐵扇公主肚子裡的孫悟空。」兒子總算高興起來。

組裝

媽媽懷孕了，四歲的海倫百思不得其解，她問爸爸未來的弟弟或妹妹是怎麼出來的。

爸爸向她解釋道：「先伸出頭，再伸出身子，最後是兩條腿，懂了嗎？」「懂了，爸爸，然後你用螺絲把它們組合裝配起來，是吧？」

催眠曲

一戶人家因為孩子在夜晚總是哭個不停，怕吵得鄰居睡不著覺，孩子的媽媽便扯開公鴨嗓子，開始給孩子唱催眠曲。過了一會兒，孩子的哭聲漸息，卻聽到隔壁的鄰居向她家大喊：「不要再唱了，還是讓孩子哭吧！」

何以見得

母親：「寶貝，你看螞蟻多勤快，從不浪費時間去玩。」

孩子：「不過我每次到郊外去玩，卻總是遇到牠們。」

聰明的女兒

爸爸問三歲的小海倫說：「爸爸和媽媽你最愛誰？」

小海倫：「兩個都最愛！」

爸爸心想：好小子，誰都不願得罪，想做一個老好人，且讓我換個方式問一問。

「現在爸爸去迪士尼樂園，媽媽在巴黎購物（shopping），你要去哪裡？」

小海倫：「我要去巴黎！」

「為什麼要先去那裡？」

「因為那裡比較漂亮迷人呀！」

「那現在爸爸去巴黎，媽媽去迪士尼呢？」

「當然要去迪士尼嘍！」

「那又是為什麼？」

「因為剛才我已經去過巴黎了呀！」

童言童語

兒子詢問母親：「媽咪，我會有一個弟弟嗎？」

母親解釋道：「現在還不能，你知道的啊，爸爸一直都特別忙！」

兒子說：「難道爸爸不能多找幾個人手來幫忙嗎？」

腹部的疤痕

四歲的女兒不明白媽媽的肚皮上為什麼會有一個疤痕，媽媽向女兒解釋說：「這是醫生開刀，把你取出來的地方。」

女兒認真想了一會兒，便問媽媽：「那你為什麼要吃掉我？」

叫爸

週六早上，犬子還在擁被高臥，好友老王卻已來訪。我連忙對四歲的女兒說：「快，去叫爸爸。」

女兒望著我，猶豫了一會兒，走到老王面前，怯生生地喊了一聲：「爸爸。」

站旁邊

張太太口沫亂濺地對鄰人數落自己先生的諸多不是，正巧她可愛的兒子小朋放學回來，張太太心想小朋最向著自己了，於是就問小朋：「如果爸爸媽媽吵架了，你會站在哪一邊？」小朋想了想，說：「站旁邊。」

你、我、她

一個學生上課時老師講了你、我、她三個字。解釋道：「你，你是我的學生，我，我是你的老師，她，老師指旁邊的女同學，她是你的同

學。」放學回家後，他父親問他今天老師講的是什麼內容，他回答說：「今天講你、我、她三個字。」父親問：「如何解釋？」兒子回答說：「你，你是我的學生，我，我是你的先生，她，指他的母親，她是我的同學。」父親生氣地打了他一個耳光說：「錯了，你，你是我的兒子，我，我是你的爸爸，她，她是你的母親。」

第二天，老師問他昨天教什麼字，他回答道：「你、我、她。」老師問他：「如何解釋？」他回答說：「老師昨天說錯了，應該是，你，你是我的兒子，我，我是你的爸爸，她，指旁邊的女同學，她是你的母親。」

老師：「……」

鮮花與牛糞

媽媽對兒子說：「想當初嫁給你爸的時候，大家都說我是一朵鮮花插在牛糞上。」

兒子好奇地問：「那你為什麼還要嫁給我爸呢？」

媽媽說：「唉！牛糞也不好找啊！」

暗語

一天，馬克感到有點興奮，就對凱特說：「去告訴你媽媽，我今天真想打一封信。」

凱特跑著找到媽媽。「媽媽，媽媽，」凱特喊著，「爸爸說他想打一封信。」

雪麗有點羞怯地說：「凱特，去告訴你爸爸，他今天不能打信，因為印表機裡有條紅飄帶。」

凱特轉過身跑到爸爸處說：「爸爸，爸爸，媽媽說你今天不能打信，因為印表機裡有條紅飄帶。」

幾天後雪麗記得馬克曾經想做的那件事，於是她喊凱特：「凱特，去告訴你爸爸，他今天可以打信了。」

於是凱特跑到爸爸身邊說：「爸爸，媽媽說

你今天可以打信了。」

「早完事了，凱特，」馬克說，「去告訴你媽媽，我不再需要印表機了，我已經用手把信寫完了。」

反問

小寶：「你說地球圍著太陽轉是嗎？」

小明：「是這樣。」

小寶：「如果沒有太陽，地球該怎麼辦呢？」

小心

小湯姆暗戀他的女哲學老師好久了。終於有一天，他鼓起勇氣向老師表白。老師被嚇了一大跳，就開導他說這樣做是不對的。

但湯姆很倔強，老師怎麼勸他都不肯聽。最後這位老師實在沒辦法了，就嘆口氣說：「唉，以後我可不敢要小孩子！」

小湯姆立刻滿臉笑容地說：「老師，我一定會很小心的！」

別買香蕉

兒子：「媽媽，您喜歡吃香蕉嗎？」
媽媽：「喜歡吃，孩子。」
兒子：「您特別喜歡吃嗎？」
媽媽：「是的，非常愛吃。」
兒子：「那您就別給我買香蕉了。」
媽媽：「為什麼，我的寶貝？」
兒子：「因為您在路上就會把它們全部吃光的。」

觀點

一個小男孩正在學校裡上數學課，老師問他：「假如樹上有六隻鳥，你們用槍向牠們射擊，結果會剩下幾隻鳥？」

小男孩想了一會兒，答道：「一隻都沒有！」

老師問：「一隻不剩，你是怎麼知道？」

小男孩說：「如果我射中其中的一隻，其他的鳥就會飛走了，結果樹上一隻鳥都沒有了。」

老師說：「嗯，不是很確切，但我確實同意你的這種觀點！」

小男孩說：「我能問你一個問題嗎？有三個女人坐在公園的凳子上吃霜淇淋甜筒，一個在舔，一個在咬，另一個則在吸，你能說出其中哪一個已經結婚了嗎？」

老師不情願地想了想，最後回答說：「我猜應該是吸的那個。」

小男孩說：「實際上是戴結婚戒指的那位，但我非常同意你這種觀點！」

同一種事

當父親去上班時，三歲的小托尼突然向母親告狀說：「媽媽，昨天你不在時，爸爸把女傭帶上樓……」母親趕緊阻止兒子，讓他不要再說下

去，並告訴他等今晚父親回來吃飯時再說。

到了晚上吃飯時，母親溫和地對小托尼說：「親愛的寶貝，你不是有故事要講給爸爸聽嗎？現在可以講了。」

於是兒子便慢慢地說：「昨天爸爸把女傭帶上樓去，做了一件爸爸出差時，媽媽和史蒂文叔叔曾做過的同一種事……」

蚯蚓

小約翰坐在花園裡玩耍。當媽媽出來找他時，看見他正慢慢地吃著一條蚯蚓。她面色蒼白地喊道：「不要，約翰，快停下來！太可怕了，你不能吃蚯蚓！」為了使兒子相信，她又喊道：「蚯蚓媽媽正在尋找她可愛的蚯蚓寶寶呢。」

「她沒有。」約翰說。

「為什麼？」媽媽問道。

「因為我先吃的是她！」

鍛鍊

一個週末，我去小姨媽家玩。我那個正在上小學的妹妹非常胖，雖然聰明伶俐，成績很好，但她卻不注意鍛鍊身體，怕苦怕累，小姨拿她也沒辦法。於是我想了一個辦法，給她講古代羅馬人的故事。「在羅馬有一條很寬的河流，羅馬人為了鍛鍊身體，每天都在河裡游泳。有一個人，他每天在吃早飯以前都要橫渡這條河五次……」她聽到這裡突然大笑，我莫名其妙，問她：「笑什麼？」她說：「大哥哥，他應該橫渡六次才對呀，因為他的衣服還在河的這邊呀！」

懲罰

一位中學生問他的老師，如果一個人沒做某件事情，他是否應受到懲罰。

「不，」老師回答，「當然不應該。」

「那太好了，」學生說，「我沒做我的家庭作業。」

代價

孩子問父親：「爸爸，娶老婆得用多少錢才行呢？」

「不知道，兒子，」父親回答，「因為我現在還沒付完錢哪！」

教子有方

母親教兒子，當教到「天」字時，為了加深印象，她就問：「你頭頂上是什麼？」

兒子：「頭髮」

「頭髮上面呢？」

「屋頂。」

「屋頂上面呢？」

「瓦片。」

母親憤怒極了，一拍桌子：「笨蛋，你仔細看看，上面到底還有什麼？」

兒子「哇」地一下被嚇哭了：「還有……還有小鳥在飛……」

考題

父母談論兒子在學校的功課。

「傑克歷史考得怎麼樣？」父親問。

「不太好，」母親說，「但這也不能怪他，這些考題問的都是他出生以前發生的事。」

醉鬼

孩子跟著父親回家，在路上孩子問：「爸爸，喝醉酒是什麼意思？」

父親說：「你看，那裡站著兩個員警，如果我把這兩個員警看成四個，那就是喝醉了。」

「可是爸爸，那裡其實只有一個員警。」孩子不解地問。

犯錯誤

老師把課堂作業簿發還給學生。

「約翰尼，」她說，「你的家庭作業實在太差了。我真不知道一個人怎麼能犯這麼多的錯誤。」

「不是一個人，小姐，」約翰尼說道，「作業是我爸爸媽媽幫我一起做的。」

擔心

護士阿姨拿著針筒問小朋友：

「我給你打針，你怕疼嗎？」

「我不怕疼，不過，我倒替你擔心。」

「為什麼替我擔心？」

「我天天挨打，屁股上已練出了硬功夫，我擔心你的針頭扎不進去！」

讓座

孩子：「媽媽，在公車上爸爸叫我給一位小姐讓座。」

媽媽：「兒子，你應該這麼做呀。」

孩子：「可是，我當時坐在爸爸的懷裡。」

殺雞給猴看

小湯姆的母親愛子心切，在送小湯姆上小學的第一天，就向小湯姆的任課老師要求不能懲罰小湯姆。

老師警告她，這樣對小孩子沒有幫助，只會寵壞了他。她想了一會兒之後，說：「那好吧，如果小湯姆做錯了什麼事，就懲罰他鄰座的孩子嚇唬他好了。」

馬路拉鍊

小明每天跟著爸爸經過一條新修的馬路去幼稚園。

第一週，馬路上挖開一條溝，爸爸告訴小明：「這是自來水公司在安裝自來水管道。」第二週，馬路填平了，卻又挖開了。爸爸告訴小明：「這是電力公司在安裝地下電纜。」第三週，馬路填平了，卻又挖開了，爸爸告訴小明：「這是瓦斯公司在安裝瓦斯管。」第四週，馬路填平後又被挖開了，這次沒看到有什麼人在場，爸爸估計說：「這大概是公務局要鋪設下水道了。」

小明奇怪地問爸爸：「他們為什麼要把馬路挖來填去，為什麼不一起安裝呢？」

爸爸解釋說：「因為各項工程不屬於一個部門管理。」

小明反問道：「那為什麼不給馬路裝上一條拉鏈呢？這樣挖來填去他們不怕麻煩嗎？」

只大一天

媽媽對約翰說：「今天是你爸爸的生日，明天是你的生日。」

約翰：「噢，我的上帝啊，我現在才知道，原來爸爸僅比我大一天！」

第8篇

老人

好藥

醫生：「我上次給你開的藥效果怎麼樣？對你有效嗎？」

病人：「棒極了，我的叔叔把藥錯當成他的了，結果服用不久便離開了人世。如今我成了他的那一大筆財產的合法繼承人。」

奇遇

大學生：「媽！我今天遇到了大雄，嚇了一大跳。」

母親：「是哪一個大雄呢？」

大學生：「是高中時的大雄呀！那時我們兩個在同一個班級，他和我都想進醫學院的那個大雄呀！」

母親：「可是那個人不是考了幾次都考不上而自殺了嗎？」

大學生：「沒錯！今天我解剖的屍體竟然是他！」

保住一個

一日，院長查巡科室，當查到婦產科時，問道：「今天的手術成功嗎？」

實習生答道：「嗯，很成功！保住了一個！」

院長問道：「保住了孩子還是母親？」

實習生答道：「保住了一個家屬。」

墓誌銘

老公為他還在人世的老婆製作一塊墓碑。上面這樣刻著：「我老婆長眠在此，正如生前一般的『冷感』。」

老婆也不甘示弱，也給老公製作一塊墓碑。上面這樣刻著：「我老公長眠於此，好不容易才真正『硬』起來。」

親吻

布朗太太一直鬱鬱寡歡，總是說她的頭特別疼，吃藥似乎也不見什麼效果。在沒辦法的情況下，布朗先生便請醫生給她做個仔細的檢查，醫生問了她許多問題。接著，這位醫生突然伸出手臂把太太摟住，熱情地親了她一下。太太立刻笑了，病也好了一大半。

「看到了吧？」醫生微笑著對布朗先生說，「這些就是她需要的。我建議你，應該讓她每星期四、五和六都能得到像今天這樣的享受。」

「噢，」布朗先生連忙說，「每星期四和星期五我可以帶她來這裡，可是，星期六不行，因為每到星期六我要出去划船。」

親戚

甲：「剛才那年輕人，你認識他嗎？」

乙：「認識的，他可以說是我的親戚。」
甲：「什麼親戚？」
乙：「很奇怪的親戚，他和我的未婚妻結過婚。」

五十英鎊

當地報紙的一份廣告上說，有人願以五十英鎊的價錢出售一輛嶄新的保時捷。看到這個消息，一位喜愛汽車的人決定到廣告中所說的地址去看看。他按照地址來到富人居住區的一座大房子前。

一位四十多歲、富有魅力的女人打開房門，向他展示一輛幾乎是全新的保時捷。他毫不猶豫地把車買下來，付完五十英鎊後他問：「你為什麼把這輛車賣得這麼便宜？它至少也能賣上一萬二千英鎊的高價。」

「是這樣的，」女人解釋說，「我丈夫剛死不久，他去世前強烈地要求把這輛車賣得的錢送給他那位二十一歲、金髮碧眼的女祕書。

老年得子

一位八十歲的老太太嫁給一位八十五歲的老頭子。兩人在一起生活了六個月後，老太太感覺自己的身體欠佳，於是去看醫生。醫生在給她做了一遍檢查之後，便說道：「恭喜您，史密斯女士，您就要成為媽媽了。」

「請你嚴肅點，醫生，我已經是八十歲的人了。」老太太非常氣憤地回答。

「我知道，」醫生繼續說，「今天早晨我還認為這是不可能的事情，可現在我要說，這簡直就是一個醫學奇蹟。」

「真是氣死我了！」老太太說完就氣沖沖地走出房間，到拐角的電話亭給她的老伴打電話。

「您好！」她聽到了那個熟悉的聲音。

「你這個大混蛋，竟害得我懷上了孩子！」她大聲嚷道。

電話另一邊中斷了一會兒，最後，傳來她丈夫的聲音：「請問，是誰在打電話？」

鋸死的

一位自以為小提琴拉得很好的人，為了顯示自己的才華，在街上拉起小提琴來，剛開始還有許多人在聽他的演奏，因為他拉得實在太差了，人一個一個地走了，最後只剩下一位老太太在那裡哭得很傷心，他走過去對她說：「老奶奶，那些人都沒有音樂細胞，只有你是我的知音呀。」老太太回答道：「我聽不懂你拉什麼，但是我一聽你拉奏出來的那種聲音，就想起了我的兒子，他是被鋸子鋸死的。」

單身

我問一個年輕的年輕人是否正打算結婚，他對我說：「我要一直保持單身生活，一直等到我遇見和我祖父娶的人一樣的女孩。」

「但現在的女孩和從前可大不相同了。」我警告他。

「當然不同了，」他說，「祖父昨天才和她結婚的，他們是在家庭舞會上認識的。」

情網

一個老人和一個年輕漂亮的女郎墜入情網，但是這位老人無論如何也不願意娶她為妻。

「親愛的，我不能娶你，」他溫柔地對她說，「因為父親和母親會反對。」

「什麼！你已經這麼大年紀了，父母還健在嗎？」

「不，不是，」他糾正說，「我的意思是指父親的時機和母親的天性。」

走錯門的時候

年過四十的單身漢布希向他的朋友描述他的美好願望：「……我一下班回來，一個年輕漂亮、賢慧溫柔的妻子站在我的前面，桌上擺著美酒佳餚……你說有這樣的可能嗎？」

「有。」

「什麼時候才會有？」

「當你走錯門的時候。」

看賽跑

賈老太太看完電視轉播的一百公尺賽跑後，興致勃勃地對王老太太說：「剛才我看了一場槍斃犯人的精彩節目，那才叫好看呢。」

「怎樣好看？」

「犯人都跪成一行，旁邊站著一個拿著手槍的劊子手，槍聲一響犯人都沒命似地逃跑。」王老太太驚訝地問：「後來捉住了沒有？」

「哪裡能捉得住，用繩子攔都攔不住。」

白送人

傑克叔叔回到老家住了幾天。臨走時，他掏出五百英鎊對侄子約翰說：「這錢你留著作零用錢用吧。但記住，錢要保管好，丟了可就白送人了！」

約翰激動地說：「我知道，叔叔，只有傻瓜才會把錢白送人！」

傑克叔叔想了想說：「你說得沒錯，約翰，我看這錢你還是不要的好！」

惡作劇

一位老人沿街緩慢地行走，看見一個小男孩正在掂起腳尖按一個門鈴，但門鈴太高，怎麼也按不到，心地善良的老人停下來對小孩子說：「我來幫你按鈴吧。」於是他用力按鈴，整個房子裡的人都聽到了鈴聲。

小孩這時卻對老人說：「現在我們快逃走吧，快！」

老人：「……」

富有的寡婦

一位六十歲的富翁向一個二十歲的少女求婚遭到拒絕，於是就去找她的父親，請她的父親幫忙做說服工作。

少女的父親問：「你告訴過她，你今年六十歲了嗎？」

「是啊！」

「那你就失算了，你應該告訴她你已經八十歲了。」

「為什麼？」

「這樣，在不久的將來她就有希望變成富有的寡婦。」

遲到

一位英俊的年輕人到夏威夷去度假。一天，他回旅館時，一不小心走進一位老太太的房間。他道歉地說：「真對不起，我一定走錯了房間。」

老太太忙回答說：「那倒不一定，只不過是遲到幾十年而已。」

夢中情人

一位七十多歲的老太太去找醫生，說她老是夢見一個年輕男子向她示好。因此醫生就給她開了一些有助於睡眠的藥。幾天後，這位老太太又來了。

醫生問她：「你現在晚上睡得好嗎？」

老太太悶悶不樂地說：「睡是睡得好了，但我很想念那個英俊的青年男子。」

只是標點錯了

丈夫正在檢查女兒的日記，突然對妻子大發雷霆，妻莫名其妙。

丈夫隨手把女兒的日記攤開在妻子面前，只見上面歪歪扭扭寫著：「今日我正在做作業，李叔叔來我家玩。做完作業後，叔叔誇我做得好，叔叔親了我媽媽，也親了我。」

妻大怒，叫來女兒責問，女兒哭叫：「……叔叔親了我，媽媽也親了

我。只是標點弄錯了。」

最佳丈夫人選

一群婦女聚在一起討論什麼樣的人才算是最佳的丈夫。經過一番激烈爭論之後，年紀最長的那位女人總結道：「我看，女人的最佳丈夫應該是考古學家。」

「為什麼？」其他婦女驚奇地問。

「因為你越老他就對你越感興趣。」那位老女人回答道。

頭髮更年長

布希先生到法國巴黎旅行，一天，他在大街上看到一位很奇怪的人。此人頭髮雪白，而鬍子卻黑漆漆的。他好奇地上前問道：「您為什麼頭髮這麼白，而鬍子卻這麼黑呢？」那人回答：「這有什麼奇怪的？我的頭髮比我的鬍子年長二十歲，它們能一樣嗎？」

情有獨鍾

我祖父身高一百六十公分，而健壯的祖母卻高達一百八十公分，我小時候祖父已去世。有一次我跟祖母一起翻閱舊時的照片，突然想到他們兩個站在一起一定很惹人注目。

「祖母，」我問她，「你怎麼會愛上一個比你矮那麼多的男人呢？」

她轉過臉來對我說：「孩子，我們是坐著談戀愛的，等我站起身來，已經太晚了。」

乞丐

路邊站著一位戴著墨鏡的乞丐：「老太太，行行好，我眼睛什麼也看不見。」

「你眼睛看不見，又怎麼知道我是老太太呢？」

「OK，對不起，我只是替我的瞎子朋友換個班而已。」

「你朋友呢？」老太太好奇的問。

「他看電影去了。」

手機

大街上車水馬龍，忽然有手機響起，眾人駐足，皆不是自己。

正疑惑間，只見一撿紙老婦撩起破棉襖，露出一支小手機，螢幕上赫然寫著：公園有紙，速乘計程車來撿。

局部地區

一位老太太不認識字，但卻很喜歡看電視，氣象預報每天必看。

一天吃飯時問家人：「我有個問題老想不通，你們知道局部地區在什麼地方嗎？那兒差不多天天有雨。」

臭屁

一次，穆罕默德·艾哈邁德在集市上購物時突然感到腹部一陣劇痛。由於不能控制住自己，他放出一個又長又響的臭屁。周圍所有的人都瞪著他，艾哈邁德感到自己的臉漲得通紅。他跑回家，帶著自己數量有限的所有家產，到世界很遠的地方去旅行，他發誓再也不回來了。但幾年之後，他實在是非常想念家鄉，最終在他八十三歲那年，他認為自己可以安全返回了，因為他飽經滄桑的臉已使人們不能再認出他來。

於是，艾哈邁德就返回了家鄉。他走在集市的路上，感到自己比幾年前時還快樂。他在一家商店裡閒逛，並問一位商人，市場裡的石頭路是什麼時候鋪得這麼整潔的。

「感謝真主，」這位商人說道，「那是在穆罕默德·艾哈邁德放屁後的第四年又二個月時修的。」

第9篇

男人

熊

女侍：「您回來得好晚哦！」

獵人：「牛先生回來了嗎？」

女侍：「是的，他已經回來了。剛剛才回來的。」

獵人：「楊先生呢？」

女侍：「他也在呀！」

獵人：「那熊先生呢？」

女侍：「他還沒回來耶！」

獵人：「是嘛？果然不是熊……」

跟她有什麼關係？

某一律師問一已婚男人：「你跟你妻子的性生活美滿嗎？」

答曰：「很美滿啊！」

律師：「那你為何要和你太太離婚？」

男人：「我的那種生活關我太太什麼事啊！……」

足跡

甲當員警的第一天，在大街上遇見老朋友乙。

乙：「喲，當上員警了！恭喜！」

甲：「小時候我立志，要追隨父親的足跡，現在總算完成了我的心願。」

乙：「噢，您父親也是一個英雄的員警！」

甲：「不，他是個江洋大盜。」

一個巴掌拍不響

朋友問布朗：「你為什麼還不快結婚？」

布朗回答：「一個巴掌拍不響，只我一人急有什麼用呢？」

後來布朗終於結婚了，朋友問他滋味如何？

他的鄰居搶先答道：「每天都聽到巴掌聲。」

手術前的我

手術結束之後，我起身從褲袋裡掏出一根香菸，但卻找不到打火機，於是我就問同房的一個女孩身邊有火嗎？

「第一個抽屜裡好像有打火機。」女孩回答。

我打開床頭櫃的抽屜，看到一個打火機，打火機的下面有一張陌生男子的照片，我感到很奇怪，於是好奇地問：「他是你丈夫？」

「當然不是，傻瓜！」女孩依偎在我身邊。

「那是你男朋友？」我接著問。

「不，也不是！」女孩回答。

「那，他究竟是誰？」我更加疑惑地問。

「那就是手術之前的我……」

抗旱妙法

農夫甲：「去年大旱，我吃盡了苦頭，今年我想了個妙法，保證不怕旱災。」

農夫乙：「你真了不起了，能告訴我是什麼方法嗎？」

農夫甲：「我在每行玉米旁邊，都種一行洋蔥。洋蔥一長出來，玉米就會嗆得整天流淚，我看也許還要經常排水呢？」

愛情飛機

一天，阿明實在忍不住了，就拿起筆給他的夢中情人寫了一封情書：「我的愛情飛機已經到達你那裡，你能接受嗎？」他把情書折成一架紙飛機送給了那個女孩子。

第二天，阿明看見自己的桌子裡有一張紙條，打開一看，上面寫道：「你的飛機在中途遭到恐怖分子的襲擊，已經墜毀。為了飛行安全起見，本航線決定全線停航，請勿再來。謝謝合作！」

脫鞋

「每天晚上都是我妻子替我脫鞋的。」他吹噓地說。

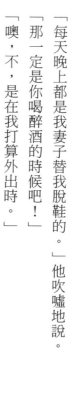

「那一定是你喝醉酒的時候吧！」

「噢，不，是在我打算外出時。」

絕技

足球迷帕斯卡興高采烈地對女朋友娜塔莎說：「親愛的，對足球，要像對情人那樣，要有纏的功夫。一雙腳要能像牛皮糖一樣黏在足球上，那簡直就絕了。」

娜塔莎冷冷地說道：「那然後呢，是不是就一腳踢開？那就更叫絕了，是吧？」

紳士

某日一紳士經過一個荒漠地時掉進一個流沙坑，當流沙埋至他的膝蓋時，路人甲剛好經過。於是他便對路人甲說：「拜託你拉我上來，我什麼東西都可以給你。」

路人甲：「我什麼也不要，我只要踩一下你的頭，我就拉你上來。」

男士：「我平生最恨的就是別人踩我的頭，你走開！我就算被活埋了也不要你救。」

路人甲於是走了！又過了不久，流沙已經埋到他的腰部，就在此時路人乙經過了這裡！這男士於是又說：「拜託你拉我上來，我什麼東西都可以給你。」

路人乙：「我只要踩一下你的頭，我就拉你上來。」

男士：「呸！不要臉！你走！我就算被活埋也不要你救。」

路人乙於是也走了，又過了不久，流沙已經埋至頸部。如果再沒有人經過，他便會被活埋！但就在此時他看見路人丙朝該方向走過來了！他直接就說：「我願意讓你用腳踩我的頭，拜託你趕快拉我上來。」

路人丙：「我這人最恨的就是踩那玩藝兒。」

路人丙說著說著，把那男士露出的頭也踢了進去！

擦窗工人

有一個美麗的金髮女郎，住在邁阿密海灘旅店，起床後，在睡衣上披了一件晨褸就往梳妝臺前去梳頭了。在她的鏡中，她發現了擦窗工人正在擦窗，她決定要給那工人一個驚喜，於是她站起身來，伸直了手臂，舉過頭，嬌慵不勝地看著他，但那工人卻對其視若無睹，依然在擦窗戶，於是她脫了晨褸，僅穿了一件薄如蟬翼的睡衣，向前走了幾步，接近了窗戶，柳腰款擺，眼送秋波，十分惹人遐想，但那名工人仍舊毫無反應，照舊工作，世界上居然有這樣的男人！終於她連睡袍也索性脫了，走到窗前，瞪著眼看那工人，那工人將窗戶打開，說：「夫人，你是不是從未見過一個擦窗的工人？現在，窗戶打開了，你就能看得更清楚一點！」

送花的藝術

一位先生想買花送人卻不知道要買什麼花。花店老闆於是問他是送給少女、小姐還是女士？

先生說：「這有什麼關係？」

花店老闆說：「學問可大了。要是青春少女就送尚未開放的花苞；要是漂亮小姐，就送含苞待放的；要是女士就送開得正燦爛的。」

先生說：「要是個風燭殘年的老太太，那要送什麼花？」

花店老闆說：「那，那，你就買根竹子。」

先生問：「為什麼？」

花店老闆說：「因為它已經開過了。」

男人常用的拒絕求婚手段及其真正含義

10.我只是把你當作妹妹。（你太醜！）

9.我們之間的年齡差距實在是太大了。（你很醜！）

8.我對你沒有那種想法。（你很醜！）

7.我對現在的生活實在覺得很煩。（你很醜！）

6.我已經有女友了。（你很醜！）

5.我工作時不和女人出去。（你很醜！）

4.不是你的問題，是因為我。（你很醜！）

3.我只想做一番成功的事業出來。（你很醜！）

2.我是快樂的單身漢。（你很醜！）

1.我們還是只做朋友吧。（你實在是太醜了！）

真真假假

一位男人在酒吧喝了一杯威士忌。結賬的時候，女服務生仔細看了看付的錢，沉下臉來說：「先生，您這錢是假的！」

那位男人抬起頭，漫不經心地問：「那麼，你們的威士忌就是真的嗎？」

不忠

在酒吧間，一位男子沮喪地對酒友們說：「真沒料到，我太太會對我不忠。」

「怎麼回事？」他身邊的一個酒友問道。

「昨晚她一夜未歸，我問她去哪裡了，她說她整晚和她妹妹在一起。」

「不是真的嗎？」另一個酒友問道。

「她在說謊，因為昨天晚上我和她妹妹一直在一起。」這個人生氣地回答。

男人的瘋狂

要知道，肥皂劇都是編造出來的，因為在現實生活中，男人只有在床上才會表現得很有激情，很瘋狂。

鐵釘

有一個人要釘一根大鐵釘，恰好一個鐵匠從門前經過，他把鐵匠喊進屋，拿了一塊鐵要鐵匠打。鐵匠說：「這是生鐵，不能打。」

這人就說：「那你明天來，我拿熟鐵給你。」

第二天鐵匠來了，他又把那塊鐵拿出來。鐵匠不高興了，說：「我說過這是生鐵。不能用！」

誰料這人也發了脾氣：「瞎說！昨天等你一走，我就把這塊鐵放到鍋裡用大火煮，煮了大半夜，怎麼還會是生的呢！」

男人

「男人最渴望聽到哪一句話？」

「我要！」

「男人最恐懼聽到哪一句話？」

「我還要嘛！」

壯漢

某人擔心妻子精神有問題，於是去請教精神科醫生。

「她非常害怕衣服被偷走。」他告訴醫生。

「你怎麼知道？」醫生問。

「有一天我提前下班回家，發現她雇了一個壯漢站在衣櫥裡替她看守她的衣服。」

舅舅

舅舅到家裡來做客，小寶卻對媽媽說：「媽媽，我要去動物園看猴子。」

媽媽立即怒聲訓道：「看什麼猴子？你舅舅就在這兒，你還去什麼動物園！」

男人的愛好

為什麼男人總喜歡青春少女？

因為他們無法忍受別人的百般挑剔。

借雞生蛋

朋友二人在酒館裡聊天。

甲說道：「露妮不想嫁給我，後來我告訴她我有一個很富有的叔叔。」

乙問：「那現在她一定答應嫁給你了！」

「不，」甲說，「現在，她已經是我的嬸嬸了。」

矛盾

彼埃爾給父親寫信：「親愛的爸爸，我很慚愧地給您寫信，我現在急需五百美金，我其實不願意向您借錢，但想來想去還是決定給您寄信，因為畢竟我已寫好這封信了。」

最後，他又在這封信的下面補充道：「我為自己向您伸手要錢感到羞愧，但現在為時已晚了，信已經發出去了，我真希望郵遞員能在中途把信弄丟。」

七天之後，彼埃爾收到了父親的回信：「我親愛的兒子，你現在不用再為這事擔心了，因為你的願望已經實現，郵遞員真的在中途把你的信弄丟了。」

謀殺

一個男人來到保險公司，為他老婆買了人壽保險。簽約完畢後，他問那個業務員：「如果我太太今天晚上死了，我可以得多少？」

業務員回答：「大概三十年牢飯吧，先生！」

王八

某經理到某俱樂部檢查工作，俱樂部設宴，每餐都上甲魚。經理誇獎道：「你們俱樂部王八真多。」主人自謙：「哪裡哪裡，這裡的王八都是外地來的。」席間廚師上席徵求意見，經理誇廚師：「你這個王八烤得非常好。」廚師回答：「哪裡，哪裡，是王八都愛吃。」

一切都是雙的

兩個朋友在酒館裡喝酒。

一個人最後喝多了，端著酒杯口齒不清地說：「現在……我……看所有的東西……都是雙的。」

聽到此話，另一個人趕緊從口袋裡掏出一張一百英鎊的鈔票，說：「嗨，老兄，看清楚了，這是我欠你的二百英鎊。」

生猛海鮮

兩位顧客剛開始就餐，就連連訴苦：「這飯怎麼跟生的一樣，太糟糕了！」

服務生麻木不仁地回答：「你倆沒看我們的招牌是「生猛海鮮」嘛。」

妻管嚴

一群在家裡是妻管嚴的男人們聚在一起召開協商會議，商討應如何重振男子雄風。

突然，有人跑來報告說：「你們的老婆們聽說這件事，已經相約要過來找你們算賬了！」這些人一聽，立即嚇得四處逃散，只有瓊斯一人仍若無其事地端坐在那裡。

大家非常驚嘆於瓊斯的勇敢，他竟然不怕老婆了！但過了很久，瓊斯仍坐在那裡一動也不動。大家走近一看，才發現原來瓊斯已經被嚇死了。

老當益壯

一位年紀很大的富翁來做身體檢查。醫生對他進行了全面的健康檢查之後說他身體很健康。

「我很奇怪，」醫生說，「你怎麼突然跑來做身體檢查呢？」

「因為我即將和一位十八歲的少女結婚，我正打算生個孩子。」

醫生極力掩蓋自己的震驚。

「你認為我是否應做點什麼，才對這件事有益處？」這位富翁問道。

醫生想了一會兒說：「我認為你應該請一位非常年輕的房客。」

「好吧。」這位老富翁說著便離開了。

一年之後，這位醫生在街頭看見這位老富翁，就問他事情進展如何。

「我妻子懷孕了。」這位老富翁說。

「太好了，」醫生說，「那位房客怎麼樣？」

「噢，她也懷孕了。」老富翁回答。

求愛

某男子苦苦追求一位女子已有五年的時間了，但總是遭到拒絕。

在一次生日聚會上，他又尋到機會，開始向她表白。

男人：「噢，小姐，您真是太美麗了，好比是天上的月亮，而我卻只能是天邊的星星。」

女人冷冷地答道：「但願你只是一顆彗星！」

男人有點摸不著頭腦地問：「為什麼？」

女人回答：「因為彗星每七十五年才出現一次。」

男人：「……」

永不回頭

一位中年男子向醫師求醫：「我老婆一直抱怨我的性能力日趨衰退。」

醫生說：「不用擔心，這瓶藥足以重振你的威風。」

幾天後，這名男子回來複診，他對醫生說：「這藥太棒了！」

醫生說：「想來你老婆一定很滿意了。」

中年男子說：「不知道，從那時起我一直沒有回過家。」

懶漢

有個懶漢，一點苦都不想吃，總是求別人給他找輕鬆的工作。一天，有人請他去看守墓地，並說沒有什麼比這更輕鬆的工作了。可懶漢剛去兩天就回來了，嘴裡還氣呼呼地嘟囔著：「什麼爛工作，一點都不輕鬆！」

別人見了感到很奇怪，就問道：「為什麼？」

懶漢回答說：「憑什麼其他人都躺著，而我卻只能站著！」

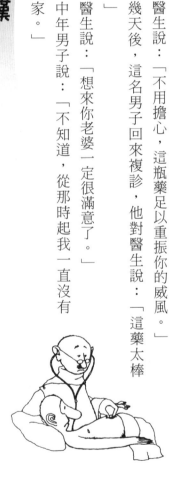

洩憤

某人被狗咬了一口，一直沒給予重視，直到傷口拖了好一段時間仍不痊癒，才覺得事態嚴重，便去看醫生。醫生瞧了一眼，下令把狗牽來，真像他所憂慮的，狗患有「狂犬病」。即使給患者注射血清亦為時已晚，醫生覺得有必要為其準備後事了。

倒楣鬼坐在醫生桌旁奮筆疾書，醫生安慰他：「說不定情況並非如此，你大可不必現在就寫遺囑。」

「我不是在寫遺囑，我只是列出應該讓狗去咬的那些人的名單。」

喜歡炫耀的小舅子

一位市長的最大煩惱就是他的小舅子，因為這位小舅子總喜歡炫耀他自己以及市長的後台背景。市長便只好對員警和其他官員說，不要理會小

舅子的吹牛。

一天，這位小舅子因無休止地賴在公園而受到派出所的傳訊。他惱怒地來到派出所，手拿著傳票，氣勢洶洶地對員警嚷道：「混帳東西，你可知道我是誰嗎？」

員警冷靜地看著他，然後不慌不忙地拿起電話撥通市長辦公室。「告訴市長大人，」他對市長祕書說，「他的小舅子現在在派出所，他已經無法想起自己叫什麼名字了。」

第10篇

女人

沒有好日子

大街上，一位先生遇到了自己的老熟人。

「您恐怕沒有好日子過了！」他說。

「為什麼？」

「昨天我太太買了一件貂皮大衣。」

「那又怎麼樣？」

「今晚她要穿著它去你太太那裡聊天。」

修女的心願

三位修女死後，都升天進了天堂，正好一起來到天堂的大門前。聖彼得站在那裡誠摯地歡迎她們的到來。聖彼得一一向她們道賀，祝賀她們作為上帝在人間的僕人，以她們辛勤的工作和無私的獻身精神，給人間帶來了無數的溫暖和幸福，最後靈魂能夠得到超脫升入天堂，得到從此永遠與上帝住在一起的光榮。聖彼得最後說，由於她們的貢獻特別出色，上帝答

應給她們每人一個獎賞，讓她們每人都有機會再回到世上活二十四小時，成為任何一個她們願意選擇去做的人。聖彼得特別強調，上帝答應無論她們想成為古往今來的任何人物，祂都無條件地滿足她們的要求。

三位修女聽完，無不對上帝如此的器重和恩典，感動得熱淚盈眶，口呼哈利路亞對上帝稱謝不已。聖彼得解釋說：「你們過去為了上帝的事業做出了巨大的犧牲和奉獻，現在讓你們重返人間，做任何一個你們想要成為的人，在一天之內，體驗一下你們過去由於獻身上帝的事業而沒有機會去過的普通凡人的生活，再怎麼樣都不算過分。」

第一位修女想了又想，最後告訴聖彼得說，她想去拉斯維加斯的 Rivera 表演廳做那位最著名的舞女，聖彼得二話沒說，噗的一聲，就把她變到人間做舞女去了。第二位修女一瞧，心裡頗有些不服氣，於是決定要趁此機會也去當一天豔星瑪丹娜過癮，聖彼得依然沒二話，噗的一聲把她也變成了瑪丹娜。

輪到第三位修女的時候，她紅著臉支支唔唔了半天，就是不好意思開口說出來。聖彼得在一旁開導勸慰她，讓她千萬不要錯過和放棄這種千載

難逢的好機會。

聖彼得說：「要知道，進天堂的修女無數，真正能讓上帝垂青，得到如此恩典的可是沒幾個。你難道沒見前面兩位修女，即使是想做一些下賤和墮落的人物，上帝不也都照樣恩准了嗎？有什麼心願說出來就是，上帝是萬能和仁慈的，沒有什麼要求不能滿足。」

這位修女想了想，覺得也有道理，於是終於開口告訴聖彼得，她想成為維吉尼亞·皮帕麗尼（Virginia Peepalini）。可是聖彼得卻沒聽清楚，讓修女在自己耳邊再大聲一點兒重複一遍，還是這個名字。聖彼得覺得很莫名其妙，為什麼自己從沒聽說過這個人的名字，他反反覆覆地查了查所有世上古往今來的人類名單，卻始終找不到這個人的名字，如果現實中沒這個人，他就沒辦法照這個人的模樣把這位修女變到世上去。最後，聖彼得實在沒辦法，只好厚著臉皮不恥下問，想知道這個維吉尼亞·皮帕麗尼到底是誰，可她竟也搖搖頭說她也不知道維吉尼亞·皮帕麗尼是誰。聖彼得氣極了，說：「既然連你也不認識這個人，那你到底是從哪兒聽來這個名字？」

修女依舊紅著臉，從黑袍底下深處的內衣中，掏出一張似乎珍藏了很久、破舊而發黃的剪報來，聖彼得接過來一瞧，原來那是一張幾十年前的新聞報導，那條新聞的大標題用斗大的字寫道：

VIRGINIA PIPELINE：

LAID BY HUNDRED MEN IN ONE DAY

對與錯

一天，夫妻二人因某事吵起來。正吵到激烈之際，妻子突然提出建議說：「我有兩個方案可以結束我們這場爭吵。一個是：你要承認——我是對的。」

「那另一個呢？」丈夫問。

「要麼你必須承認——你是錯的。」

嚇半死

有一位女子因為她的丈夫很花心，所以常常一個人獨守空閨……

話說某天當她在海邊散步時，無意間撿到一個瓶子。

在好奇心的驅使下，她打開了瓶蓋……突然間一陣煙霧中出現了一個精靈！

「我的主人，謝謝你救了我！！我可以答應你三個願望……但是，無論你許什麼願，你的配偶都會得到你願望的兩倍。」

她想到長久受丈夫冷落，決定好好犒賞自己……

「我的第一個願望是：我要五千萬元！」

五千萬元馬上出現在眼前，高興歸高興，她的腦海中卻出現丈夫莫名奇妙得到一億元的得意模樣……心中有些不悅。

「我的第二個願望是：我要一個英俊瀟灑的

年輕情人。」

俊美的青年說著也出現了。

她心想這是對丈夫的報復……可是她的丈夫豈不擁有兩個美麗的女人了！

「主人，你的第三個願望呢？」

她想了一會兒，臉上露出詭異的笑容，說：「請你把我嚇個半死！」

誰恐慌

有一位中文老師寫了一句話讓學生們標註標點符號，這句話是：

「女人如果沒有了男人就恐慌了。」

結果，女生的答案是：「女人如果沒有了，男人就恐慌了！」

而男生的答案是：「女人如果沒有了男人，就恐慌了！」

你真帥

一位女子已過適婚年齡但還沒有男朋友，別人都說她太大女人主義了，勸她再溫柔一點，比如多稱讚別人等等，該女子下定決心改變自己的形象。一天該女子要搭計程車，上車時對司機說：「先生，你真帥！」該司機把車剎住，嚴肅地說：「小姐，你是不是沒有帶錢？」

色狼

因為習慣半夜去買宵夜，有一次半夜二點多出門買吃的，騎單車回住處途中，有個騎車的怪男子跟了上來，對我說：

「小姐，我請你吃宵夜好嗎？」（我手上的不是吃的嗎？）我笑而不語。

「小姐，別這樣，交個朋友嘛！」（我好害怕喲！）

「小姐，我好像認識你喲？你是企管系的吧？」（哇咧……）

就這樣被跟到我住處門口，趕快叫其他人來看——瞎了眼的色狼！

他還不知道我是男的呀！唉……為他默哀三分鐘……

告訴

婦女甲：「她告訴我說你告訴了她那條我告訴你不讓你告訴她的祕密。」

婦女乙：「我特別告訴她不讓她告訴你是我告訴她的。」

婦女甲：「天呀，別再告訴她我告訴你了她告訴我的那件事。」

結婚晚了

結婚才五個月，妻子就生下了一個白白胖胖的女孩。丈夫懷疑地問：「這孩子來得是否太早了點？」「不，」妻子回答。「是我倆結婚太晚了點。」

設法安慰寡婦

在墳墓前，一名身穿喪服的年輕女人正在大聲哭泣。

「請不要這麼悲傷，夫人。」一位富有同情心的路人試圖安慰她說，「上帝總是仁慈的。除了您的丈夫以外，也許在其他地方還有另外的好男人希望與您共度快樂時光呢！」

「以前是有一位，」她哭泣道，「以前是有一位，但這就是他的墳墓啊！」

懷胎十月

二姑：「我聽說你女兒結婚了。」

五婆：「對啊！」

二姑：「我聽說她已經生孩子了。」

五婆：「那當然！不是嗎？」

二姑：「結婚四個月就生孩子？」

五婆：「喔！她年紀太輕，還不知道要懷胎十月呢？」

發行日期

年輕人：「像你這麼漂亮的一位小姐，怎麼會嫁給這麼一個糟老頭？」

小姐：「人們需用錢的時候，從來不看它的發行日期。」

互換角色

一位年輕漂亮的女士在動物園閒逛，最後停在猴籠前面。

她困惑地問管理員：「現在猴子們都到哪兒去了？」

「牠們回到洞裡了，小姐，現在正值交配季節。」管理員說道。

「假如我丟些花生米進去，牠們會出來嗎？」小姐反問道。

管理員搔搔頭：「我不知道！小姐，若換成您，您肯出來嗎？」

離婚

一豔婦想與老公離婚，就去找律師諮詢說：「我老公對我不忠。」

律師問：「有根據嗎？」

婦人答道：「我認為，他不是我孩子的親生父親。」

聲帶受傷

「您知道嗎？我的丈夫在足球比賽中受了重傷。」

「可從來沒有誰看見過你丈夫踢過球啊？」

「是的。但在上星期的比賽中他喊壞了聲帶。」

短路弄長

一位婦女把她的車開到汽車修理廠。檢查完畢後，師傅告訴她：「我找到毛病了！是短路。」

「那好辦，把它弄長就可以了！」

情夫的老婆

一個女人來到派出所報案。

她向值班員警說：「員警先生，最近我老是接到一些恐嚇電話和信件，這算不算是非法行為，我可以報案起訴嗎？」

值班員警：「這當然屬於非法行為，你可以提出起訴，但你知道是誰做的嗎？」

「是我情夫的老婆，先生。」女人答道。

醫生

一位漂亮的女子在午餐時間去看醫生，她在診所看見一位身穿白衣的年輕人。

這位女子便對年輕人說：「我的肩膀疼了整整一個星期，你能幫我看看嗎？」

這個人說：「你躺在床上，我替你按摩按摩。」

幾分鐘後，這位女子突然尖聲叫道：「哎呀……醫生，這裡不是肩膀啊！」

那位年輕人笑著說：「我知道，可我也不是醫生啊！」

最中肯的評價

一對年輕夫婦去看畫展。妻子有高度近視，她站在一幅大型畫作前仔細地看了半天，然後大聲地喊起來：「我的老天哪！這位婦人為何如此醜陋？」

「親愛的，別大驚小怪的，」丈夫連忙上前去悄悄地告訴妻子：「這不是畫，是面鏡子。」

禁止食用

某少婦一向驕縱潑辣，即使在公眾場合也不忌諱給孩子餵奶，從不害羞。一日，她和丈夫帶著孩子去飯店吃飯，這時孩子因肚子餓而哭鬧起來，於是這位少婦便掀起衣服開始給孩子餵奶。餐廳服務員走到她身旁，委婉地勸她不要當眾餵奶。

少婦很惱火地問道：「難道你認為餵奶屬於不雅行為嗎？」

「不是！」服務員很有禮貌地指著牆上的告示牌說，「不過，這裡禁止食用非本餐廳提供的食品。」

見機行事

瑪麗亞就要與她的心上人結婚了，但在這最後一刻，瑪麗亞決定要試探一下她的未婚夫，看他對自己是否真的很忠心。於是，她請自己最漂亮的一個女性朋友幫忙，並對她說：「今晚我會安排斯瑞特帶你出去——到月光下的海邊散步，然後享受一頓晚餐。我想試探他對我的心是否真誠，所以，我請你找機會要求他吻你一下，好嗎？」她朋友聽了這話，紅著臉同意了。第二天，瑪麗亞找到她的朋友，焦急地問：「你向他提出要求了嗎？」

「沒有。」女友紅著臉回答。

「沒有，為什麼沒有呢？」瑪麗亞著急地問。

「還沒等我找到機會，他就先提出要求了！」

第11篇

夫妻

不忠實

在法庭上，一對夫婦要離婚，聽了雙方的供詞後，法官說：「太太，照你看來，我確定你對你的丈夫不忠實。」

「是我丈夫對我不忠實！」太太惱怒地吼道，「他說要出差一個星期，可是第二天就回來了。」

事實相反

妻子：「你這個人太不正經了，每次看見美麗的女人，簡直忘記自己已經結了婚！」

丈夫：「恰恰相反，我每次看見美麗的女人，心裡最難忘的，就是已經結了婚。」

前後判若兩人

一對蜜月中的夫婦即將上床睡覺時，女人的一隻腳重重地踢到浴室的門上。

「噢，寶貝，」男人說，「過來，到這兒來讓我好好親親。」

她溫順地來到丈夫跟前，不一會兒他們便擁抱在一起。而後，女人站起身來去浴室，一不小心又把腳踢到浴室門上。

「你不能注意點嗎？你這頭蠢豬！」男人說。

夢話

某女士：「我丈夫對我的愛十分熾烈。他在睡夢中說了許多非常甜蜜的話。不過有件事卻十分可笑——他總叫錯我的名字。」

薪金

銀幕上正播映出一對戀人熱烈擁吻的「特寫」鏡頭，劇中男主角正在表演拿手好戲。這時，妻子輕輕地推了推丈夫，「你從來沒有這樣愛過我，這是什麼原因呢？」

「嗯，」丈夫說道，「你知道那傢伙做這種事，一個月能拿多少薪水嗎？」

吞東西

一對年輕夫婦結婚快兩年了，但是一直沒有孩子。岳母跑來對女兒說：「你們是怎麼回事？我年輕的時候，只要你爸爸看我一眼我可能就會懷孕。」

女兒看起來很不好意思，她說：「媽媽，我總是不能……」

又來了一位

丈夫提前出差返回，在門口遇見兩位陌生的年輕人。
「這裡發生了什麼事了嗎？」他疑惑不解地問道。
「沒有什麼事。」其中一位年輕人輕描淡寫地說，「先是他，然後是我，現在又來了你，懂了嗎，先生？」

沒仇人

有個歹徒聽牧師佈道。
牧師說：「多交一個朋友，不如少得罪一個仇人……」
「我可沒有一個仇人。」歹徒說。
「您真了不起，您怎麼會沒有一個仇人呢？」
「因為他們都被我殺光了！」

追求

儘管喬治・魯伊斯已年近七十高齡，但仍喜歡追求女人。有人問他妻子是否介意此事，她回答說：「我為什麼會不高興呢？你知道，狗總喜歡追著跑車跑，可牠們並不會開車呀！」

春光外泄

「布朗，在日常生活中你實在應該多注意一些！」

「你指的是什麼事，彼得？」

「最近這幾天晚上，你們家總是……怎麼不拉上窗簾呢？」

「哦！那我得回去問問我老婆，因為這幾天我一直在值夜班啊！」

第一次

人家的第一次，就是在半推半就的情景下……學會彈鋼琴的！

五十美元

一個華盛頓男人結婚的第一天晚上和他的妻子做愛。第二天早上醒來以後，他糊裡糊塗地忘了自己究竟在什麼地方，於是像往常一樣很快地穿好衣服，在他妻子的衣服上留下五十美元，而後朝外面走去。就在出門時，他突然意識到自己的錯誤，於是急忙又走回新房，卻看見他的妻子還躺在床上，正在把他留下來的錢塞進口袋裡。

吐真言

傑克的妻子病得奄奄一息，他在床邊緊緊地握住妻子的手。

「傑克，我……臨死之前得告訴你一件事。」她上氣不接下氣地說道。

「不，不，親愛的，」傑克說，「事情都已經過去了，一切都會好起來的。」

「不，傑克，」她喃喃地說，「這件事藏在我心裡好幾年了，我必須告訴你。我……我一直對你不忠，我跟你的好友菲爾上過床，我感到非常內疚。」

「噢，親愛的，我知道這件事。」傑克說道，「你不知道是我給你下毒的嗎？」

只信其一

這就是拋棄他老婆的那個傢伙。他老婆一下子生出一對龍鳳胎，但他只相信其中一個是他的。

同樣道理

一個七十歲的老翁告訴他的醫生說：「我二十二歲的妻子懷孕了。」

醫生說：「有一次我去打獵，迎面撲來一頭獅子，我急忙扣動扳機，槍沒響，獅子卻被打死了。」

老翁說：「這絕對不可能，一定是別人射中了獅子。」

醫生說：「我也這樣認為。」

左撇子

「如果我死了，你會再嫁嗎？」麥克問他的妻子。

「也許會吧。」妻子想了一會兒說。

「你會讓他睡我們的床嗎？」

「我想會吧。」

麥克又緊跟著問道：「你會跟他做愛嗎？」

「當然啦，那時他已是我的丈夫了呀，怎麼可能不會呢？」

「那我的高爾夫球杆，你也會給他用嗎？」麥克又問。

妻子搖搖頭：「那樣東西對他沒有用的，他是個左撇子。」

死前的報復

布雷克就要死了，家人全都圍在他的床邊。他用很微弱的聲音對妻子

說：「親愛的，我死了以後，你一定要嫁給彼得。」

他的妻子大吃一驚：「為什麼？不，絕對不，親愛的，你死以後，我誰也不嫁。」

「可我想讓你嫁給他……」布雷克說。

「為什麼？」

「哼，」布雷克喘息著生氣地哼了一聲，「我恨那個渾蛋，已經恨了他四十年啦！」

別無選擇

有一天，夏娃問亞當：「你真的很愛我嗎？」

亞當無可奈何地回答：「我有其他選擇嗎？」

自圓其說

張三：「我跟太太最講民主，如果我的意見和她相同，她便服從我，如果不一樣，我便服從她。」

李四：「我跟太太最講平等，各管各的，我管理客廳、臥房、廚房，她管理傭人和我。」

王二：「我主張獨裁。家中大事由我負責，小事由她負責。還好，結婚五年來，家裡一件大事也沒發生過。」

反其道而用之

性感溫柔的太太陪著丈夫去看醫生，醫生詳細地為她的丈夫診斷後說：「你的先生精力虛耗過度，我只好開給他鎮靜劑。」

「好的，謝謝你。服藥後他是否可以好起來呢？」

「噢，太太，你不要弄錯，這鎮靜劑不是開給你先生的，而是開給你的。」

女人和火山

女人和火山最大的區別是什麼呢？

火山不會假裝爆發……而女人卻常常……

如願以償

妻：「因為別人都不同情你，我才想做你的妻子。」

夫：「你總算如願以償了，現在每個人都因此而同情我。」

都死了

兩個同時愛上一個女人的男士來到一個房間，西蒙說：「我們朝空中放空槍，然後兩個人都躺倒在地上裝死，看麥當娜進來後先到誰身邊，她先到誰身邊就說明她愛誰，誰就擁有她。」

兩聲槍響之後，麥當娜跑進來了，發現他倆都倒在地上，頓時歡呼著跑到大衣櫃前喊道：「親愛的，快出來吧！他們兩個都死了。」

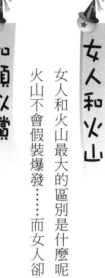

得了急症

一個不肯戴眼鏡的近視女郎決心要結婚，終於尋到如意郎君，雙雙度蜜月去了。回來後，她的爸爸一看，簡直嚇呆了，趕緊打電話給眼科醫生。

「大夫，」他上氣不接下氣地大聲道，「請你馬上過來，是急症，我女兒一向不肯戴近視眼鏡，現在度蜜月回來……」

「先生，」醫生不等他說完就插嘴道，「別著急，請你的千金到我的診所來吧！她的眼睛不管出了什麼毛病，也不會是急症。」

「怎麼不是急症？」爸爸說，「跟她回來的那個男的，並不是先前和她去度蜜月的那個人呀！」

合情合理

一對夫妻新婚不久，丈夫被公司派至國外常駐。一年之後，丈夫休假

回家。夫妻倆便鼾然入睡。

半夜突然響起敲門聲。丈夫從睡夢中一躍而起，驚呼：「不好！你丈夫回來了！」妻子也嘟噥了一聲：「這絕不可能，他在國外呢！」

呆若木雞

夫婦倆一起去參觀畫展。當他們面對一張僅僅以幾片楓葉遮掩羞部的裸體女畫像時，丈夫立刻張著大口失神地盯著那幅畫，待上半晌也不想離開。妻子狠狠地揪住丈夫的耳朵，吼道：「喂！你想站到秋天，一直等到葉子落下來才甘心嗎？」

同情情敵

一個女人正與情人在家中纏綿，突然聽見丈夫回來開門的聲音。

「快，」她急忙對情人說道，「躲到屋角去！」

說完，她以最快的速度在情人身上塗了一層嬰兒油，然後又抹上一層滑石粉。

「除非我通知你，否則不要移動，」她小聲說道，「就裝作你是一具雕像。」

「這是什麼，親愛的？」她丈夫進門後，指著屋中的「傑作」不解地問道。

「噢，這是一具雕像。」她若無其事地回答，「史密斯家中買了一個，放在他們的臥室裡，我很喜歡，所以我也為我們的臥室配置了一個。」

此後兩個人再不提雕像的事，直到夜深人靜，和衣入睡。

半夜兩點多時，丈夫下床去了趟廚房，回來時手中端了一盤熱狗和一杯優酪乳。

「過來，」他對雕像說，「快吃點東西吧。我像一個傻瓜一樣在史密斯家裡整整站了三天，可他連一杯水也沒有給我！」

自作多情

一個潛心研究的博士突然衝出來對妻子大叫：「快，親愛的，拿上我的包！」

「出什麼事了？」妻子警覺地問道。

博士一邊拿帽子一邊喘著氣說：「剛才有個傢伙打電話來說，沒有我他就活不了！」

「哦，等等好嗎？」妻子溫柔地說，「我想，那通電話應該是找我的。」

歪打正著

一位丈夫年紀輕輕就特別健忘。有一天妻子看見他穿著衣服坐在浴盆裡。

妻子好奇地問道：「你怎麼穿著衣服洗澡呢？」

他這才發現自己還沒脫衣服，慌忙想跳出來，忽然又笑起來說道：

「還好，還好，幸虧我忘了往浴盆裡加水了。」

匿名情書

斯奈德：「真糟糕！我妻子的生日快到了，我卻想不出該送什麼禮物，這禮物最好不會很貴，但卻能使她非常高興。」

羅伯特：「這好辦，給她寫一封匿名求愛信。」

好人好事？

有一位太太發現丈夫正和一位金髮美女躺在床上做愛，盛怒之下，拿起菸灰缸就要朝他們扔過去。

「不要啊，你先聽我解釋。」丈夫求饒，「她不過是個在高速公路上搭便車的女人，我覺得她挺可憐，才帶她回來的。」

太太放下菸灰缸，暫且息怒地聽他往下說。

「當時，她又餓又渴，所以我就將她帶回家餵飽；後

來，我見她穿的涼鞋又破又舊，就把你已好幾年不穿的涼鞋送給她了。接著，我又發現她的襯衫破了，就把十幾年來你瞧都不正眼瞧一下的舊襯衫送給她。看到她的牛仔褲上全是補丁，我順便送給她一條你根本不穿的一次性長褲。臨走前，她問還有沒有你擱置不用的東西，於是，我就……」

女人心語

一位公司老闆，因臨時處理緊急公務，回家遲了，太太已經就寢，但他在桌子上發現了一張字條，上面寫著：雞在烤箱裡，啤酒在冰箱裡，麵包在碗櫥裡，我在床上。

只有男人們的衣服

法官：「在行竊時，你怎麼不多為你的妻子和女兒著想呢？」

被告：「想了，法官先生。可惜的是這家商店裡只有男人們的衣服。」

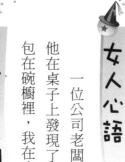

職員缺勤

某公司一職員已三天沒有上班了，當他第四天來到公司時，老闆抱怨說：「你這幾天做什麼去了？」

職員答道：「我不小心從二樓窗戶跌到一樓去了。」

老闆氣憤地責問：「從二樓跌下去要兩天嗎？」

解釋

凌晨，我和丈夫被一陣刺耳的電話鈴聲吵醒，我嘟噥著去聽電話。「誰呀？」緊接著一個悲哀急促的聲音使我大吃一驚。

「戈麗絲，我的心肝，別掛電話，請聽我解釋……」

「但是……」我想插進去說。

「我答應你我絕不再那樣做了，在這個世界上你對我來說就是一切！」

「可是……」我急於解釋。

「不！聽我說，沒有你我會死的！」

這時候，站在我身邊的丈夫開始大笑起來。

「你在外面有情人了。是嗎？戈麗絲？」

「我不是戈麗絲！」我大喊道，「你打錯電話了！」

「你為什麼不早說？」那個男人叫道，「現在我不得不再把這些話重複一遍了！」

停了一會兒，他平靜地補充道：「你認為這樣說有效果嗎？」

開燈

一對黑人夫婦結婚多年，終於有了一個孩子，但這孩子生來就是白皮膚，結果丈夫埋怨妻子說：「這一切都是你的錯！每次上床，你非要開燈不可。」

習慣易改

凱茜：「索菲婭，你是用什麼辦法把你丈夫夜不歸家的習慣改正過來的？」

索菲婭：「這很簡單，有一天晚上，他又很晚才回來，於是我故意迷迷糊糊地喊道：『是布萊克嗎？』你知道，事實上我丈夫的名字是布雷爾。」

「X」愛情

丈夫感慨地說：「夫妻的愛情就像X，談戀愛的時候就會相交到一起，結婚之後就會越離越遠了。」

原來如此

妻子：「從前你每天都要送我一束玫瑰，怎麼現在連一朵都不送了？」

丈夫：「我問你，漁夫釣到魚後，是否還會給牠繼續投餌呢？」

妻子：「噢，確實……」

不謀而合

丈夫有了婚外情，想與妻子離婚，卻不知如何開口。一日深夜，敲了半天門，妻子就是不開。

他氣得七竅生煙，一腳踹開門，向妻子大聲吼道：「這種日子我實在是受夠了，我們必須馬上離婚！」

他的妻子聽到這句話，立即向床底下喊道：「哎，親愛的，快點出來吧，我們以後再也不用像以前那樣見不得人啦！」

同類

夫妻吵架了。

妻子憤怒地嚷道：「我真後悔，早知道這樣，我嫁給魔鬼也比嫁給你強！」

「這是不可能的！你難道不知道近親結婚在法律上是禁止的嗎？」

噢，MY GOD！

去年歲末的一天，我一個經銷電話的朋友乘飛機由高雄去台北，就剛推出的商務智慧型手機進行洽談。

當他在二千多公尺的高空時，他用手機向他的新婚妻子打電話：「親愛的，我正在蔚藍的高空上，天氣很好，我的心情也很好……噢，MY GOD！」他發出這聲驚恐的叫聲，手機就沒有聲音了。

過了一會兒，手機又響了起來，用一種抱歉的語氣說：「親愛的，對不起，剛才讓你受驚了，這裡確實發生了一個小小的意外，但不是飛機的問題。乘務員給我飲料的時候，不小心將飲料灑到了我的外衣上，把我的外衣弄濕了。」

這時，他的妻子怒氣沖沖地對他抱怨道：「你的外衣濕了算什麼，我的褲子濕了才是真的！」

三更半夜

一天深夜，有一對夫妻在吵架……

丈夫：「好了，別再鬧了，三更半夜會吵著鄰居的。」

妻子強辯道：「一夜五更，半夜明明是兩更半，為什麼說是三更？」兩人爭執了一會兒，丈夫認為妻子無理取鬧，怒摑妻子一耳光！

妻子大喊：「救命啊，三更半夜打死人了！」

丈夫：「早說三更半夜何必挨打。」

避嫌

妻：「每次當我唱歌的時候，你為什麼總要到陽台上去？」

夫：「我是想讓大家都知道，不是我在打你。」

你的妻子比我的妻子強

一對夫妻互相指責對方的缺點，誇耀自己最能幹，爭論得無止無休。

妻子的「女高音」越叫越響。丈夫實在是不耐煩了，說：「好，好，我承認，有一點你比我強。」

妻子得勝似地笑了笑，說：「哪一點？」

丈夫說：「你的妻子比我的妻子強。」

多此一舉

一天晚上，布萊特嘔著氣看完電視後，準備上床睡覺，正在脫上衣的妻子命令他道：「你把窗簾拉上，別人看到，多不好意思！」

布萊特回答道：「這沒關係，別的男人要是看見你的模樣，他會把自家的窗簾拉上的。」

數也數不清

「親愛的，請你如實告訴我，」新婚的妻子問丈夫，「在和我結婚之前，你有過幾個女人？」

丈夫看了妻子一眼，默不作聲。

「真對不起，是我錯了，我應該相信你的。」妻子露出笑臉。

過了很長一段時間，丈夫依舊沉默不語。

「你還在生氣？」妻子有些著急了。

「不，不是，」丈夫說，「我心裡還在數，到底有過多少女人。」

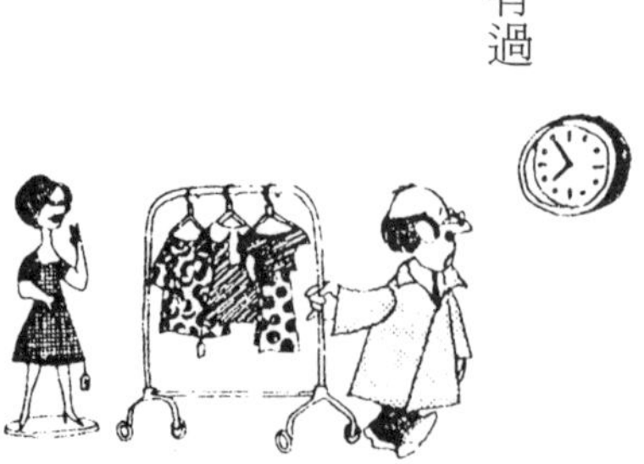

強檔預告

生日「驚喜」

經理甲與經理乙是好朋友，某日，他倆聚在一起。經理乙見經理甲神情沮喪，便詢問他發生了什麼事。

經理甲嘆口氣道：「昨天是我的生日，我的女祕書請我去她家給我慶祝生日。」

「那不是很好嗎？」

「可是到了她家，她讓我在客廳先等一會兒，十分鐘後進臥室找她。說要給我一個特大驚喜。」

「那不是更好嗎？生日交上桃花運了。」

「我當時也是這麼想的。可是十分鐘後我走進臥室，發現我的女祕書和其他職員都在裡面，捧著生日蛋糕等著我呢！」

「這也不錯呀，你的職員都很喜歡你，你應該高興才是。」

「可是當時我沒有穿衣服。」

勝訴技巧

柯雅德希：「律師先生，如果我在開庭之前送一隻肥羊給法官，並附上我的名片，您認為如何？」

律師，「您瘋了？您會立刻因賄賂法官而輸掉這場官司的！」
開庭的結果是柯雅德希贏得了官司。
第二天，他得意地告訴律師：「我沒聽您的勸告，還是把羊寄給了法官！」
律師懷疑地說：「這絕不可能！」
「可能的！」他解釋道：「只是我把對方的名片連同羊一起寄去了！」

牛鞭

一位貴婦去西班牙的巴塞隆納旅遊，中午來到當地最富盛名的飯店用餐。她看到旁邊桌子上一位女士正在吃一種很長的棍狀物，那是一種她從未見過的食品。這位貴婦想，這東西一定是西班牙的特產，一定要嚐嚐。
她叫來服務生問道：「那是什麼？」。
服務生很有禮貌地說：「夫人，是牛鞭。」
一聽是牛鞭，貴婦人連忙也點了一盤。
服務生卻說：「對不起，夫人，我們這裡的牛鞭都取自鬥牛場裡被殺死的鬥牛，而我們城市一星期只舉行一次鬥牛賽。所以，現在沒有新鮮的存貨。不過您可以預訂下一週的。」
沒辦法，這位夫人只好預訂一盤。一個星期以後，她準時來到飯店。果然，沒過多久，她點的菜就端了上來。但蓋子一揭，貴婦人卻勃然大怒，叫來服務生責問：「上星期我見的那條牛鞭足有三尺長，今天我這條怎麼還不到七寸？」
服務生很有禮貌地回答：「對不起，夫人，這一星期，牛鬥贏了。」

······ NOTE ······

NOTE

健康養生小百科好書推薦

圖解特效養生36大穴

NT：300（附DVD）

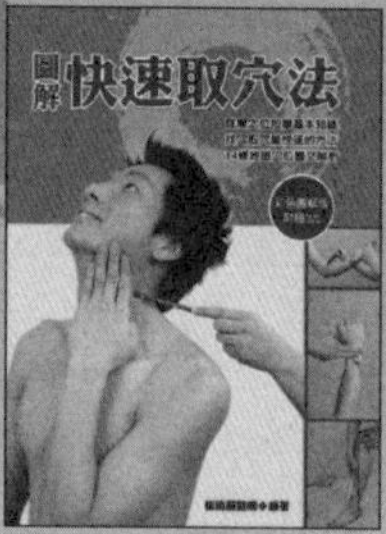

圖解快速取穴法

NT：300（附DVD）

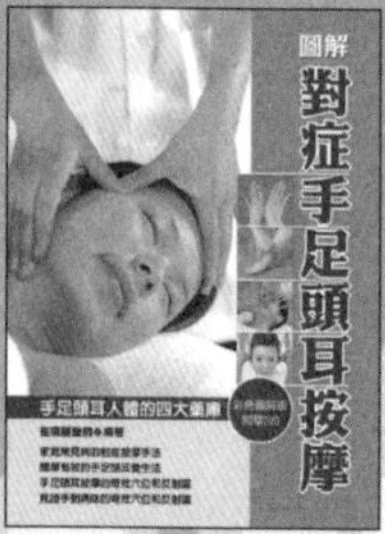

圖解對症手足頭耳按摩

NT：300（附DVD）

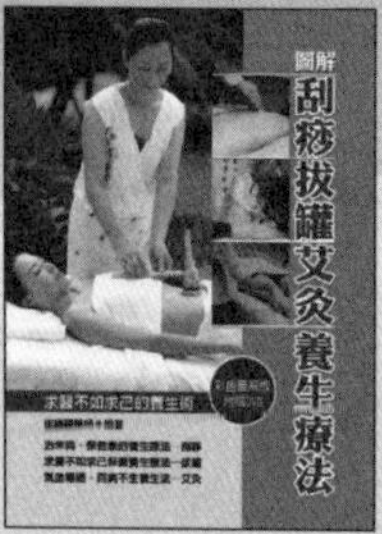

圖解刮痧拔罐艾灸養生療法

NT：300（附DVD）

一味中藥補養全家

NT：280

本草綱目食物養生圖鑑

NT：300

選對中藥養好身

NT：300

餐桌上的抗癌食品

NT：280

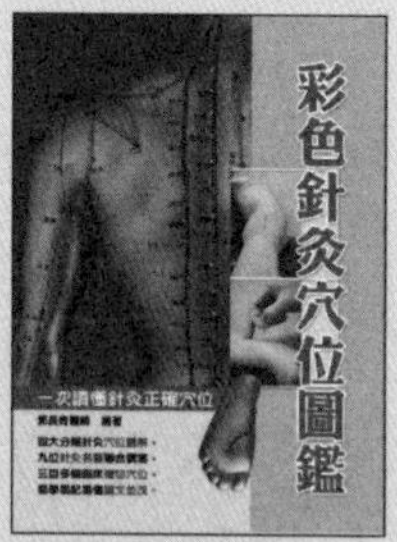

彩色針灸穴位圖鑑

NT：280

鼻病與咳喘的中醫快速療法

NT：300

拍拍打打養五臟

NT：300

五色食物養五臟

NT：280

心理勵志小百科好書推薦

全世界都在用的80個關鍵思維

NT：280

學會寬容

NT：280

用幽默化解沉默

NT：280

學會包容

NT：280

引爆潛能

NT：280

學會逆向思考

NT：280

全世界都在用的智慧定律

NT：300

人生三思

NT：270

陌生開發心理戰

NT：270

人生三談

NT：270

全世界都在學的逆境智商

NT：280

引爆成功的資本

NT：280

國家圖書館出版品預行編目資料

噴飯笑話集 / 弗雷德（Fred）作. -- 初版. -- 新北市：華志文化, 2013.01

面；　公分. --（休閒生活館；1）

ISBN 978-986-5936-31-0（平裝）

856.8　　　101024956

華志文化事業有限公司

系列／休閒生活館001

書名／噴飯笑話集

作者　弗雷德

執行編輯　林雅婷

美術編輯　黃美惠

文字校對　陳麗鳳

企劃執行　康敏才

總編輯　黃志中

社長　楊凱翔

出版者　華志文化事業有限公司

電子信箱　huachihbook@yahoo.com.tw

地址　116台北市文山區興隆路四段九十六巷三弄六號四樓

電話　02-22341779

總經銷商　旭昇圖書有限公司

地址　235新北市中和區中山路二段三五二號二樓

電話　02-22451480

傳真　02-22451479

郵政劃撥　戶名：旭昇圖書有限公司（帳號：12935041）

電子信箱　s1686688@ms31.hinet.net

出版日期　西元二〇一三年一月初版第一刷

售價　一六九元

華志文化

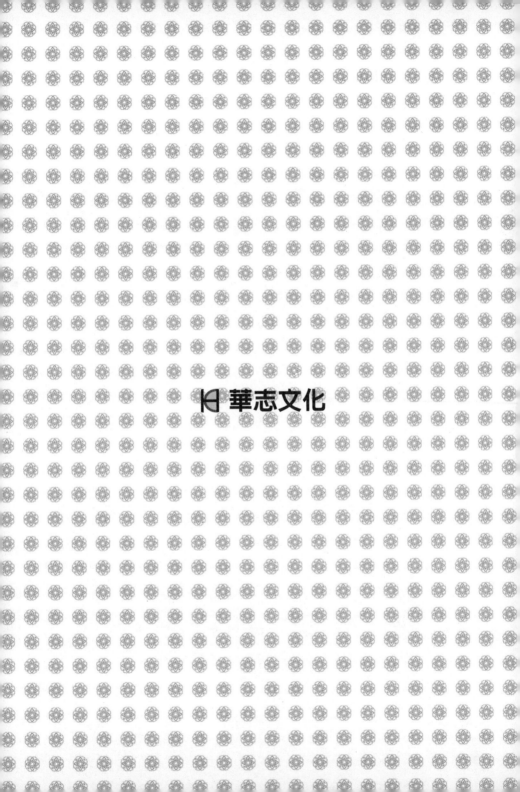

華志文化

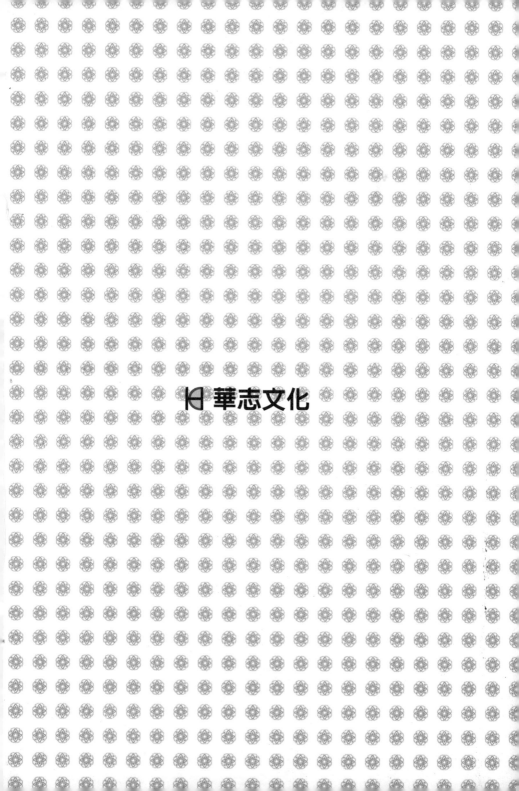